Laure Malaprade

Saga

L'ours de Dalécarlie

A Yann

*« Le passé pèse sur le présent comme
le cadavre d'un géant »*

Nathaniel Hawthorne

La route

Quand j'étais enfant et que nous montions en voiture chaque été vers la Suède, le pays natal de ma mère, je me souviens que c'était un long périple interrompu par une parenthèse hors du temps, lorsque nous traversions la mer du Nord sur un immense ferry qui nous emmenait d'Amsterdam à Göteborg en vingt-cinq heures. La voiture restait en cale, avec des centaines d'autres, et nous partagions notre temps entre les boutiques, les restaurants et la piscine extérieure ; il y avait aussi une piscine à balles – la seule et unique que j'ai jamais vue dans mon enfance – alors qu'aujourd'hui il n'y a pas une garderie qui n'ait sa piscine à balles, et qu'on peut même avoir sa piscine à balles privée dans son salon. J'ai le souvenir de nuits difficiles lorsque nous avions, mon frère et moi, l'estomac vrillé par le mal de mer, et que mes souhaits oscillaient entre l'envie d'aller jouer encore un peu aux machines à sous dans lesquelles nos parents nous laissaient avec bienveillance perdre quelques couronnes et le besoin impérieux de me retrouver le plus vite possible sur la terre ferme.

Le ferry longeait les côtes et nous étions sur le pont, nous voyions la terre si proche de longues heures avant d'accoster. Quand le moment était venu de débarquer, il fallait encore patienter dans la voiture que le flux des véhicules nous permette enfin de quitter le navire. Mon père ne manquait pas de nous raconter chaque fois la même anecdote : seulement quelques années auparavant les suédois roulaient encore à gauche, et il y avait immanquablement un arrivant qui, au sortir du bateau, oubliant ce détail, provoquait au mieux un embouteillage, au pire un bel accrochage.

Il ne nous restait alors pas loin de cinq cent kilomètres à parcourir avant d'arriver chez Stina, la cousine de ma mère, qui nous accueillait invariablement en criant et en agitant ses bras dès qu'elle apercevait notre voiture qui s'avançait sur les derniers cent mètres du chemin, comme si elle craignait que nous ne nous arrêtions pas.

Quelques années plus tard, les billets d'avion leur sont devenus plus abordables, et mes parents ont préféré ce moyen de transport. Ils ont également acheté une maison, une vieille maison typique de Dalécarlie, toute en bois et peinte en rouge, avec un porche sculpté, vert, tout comme les encadrements de fenêtres. La maison est entourée d'un jardin planté de bouleaux et de sorbiers et se trouve à quelques minutes à pied seulement de celle de Stina. C'est un hameau d'une douzaine de maisons, coincé entre un lac et la forêt immense, la forêt scandinave où l'on peut marcher des jours sans croiser une âme, la forêt aux cimes bleues qui se découpent sur le feu du soleil de minuit, la forêt magnifique dans laquelle on n'ose pas trop s'aventurer, parce que les ours, les loups et les lynx y vivent très bien sans nous.

J'y ai grandi chaque été un peu plus vite que l'hiver. J'y avais quelques camarades de jeux, j'imaginais leurs vies, là-haut, pendant que j'étais à Paris et je les ai longtemps crus en vacances, en été perpétuel. Nous nous écrivions parfois, peut-être une lettre par an, sur du papier « par avion » très fin, d'une écriture serrée, sur le recto et le verso, parce qu'il fallait rentabiliser le timbre-poste. Il y avait Gunilla qui était un peu plus âgée que moi, sa sœur Harriet, qu'on surnommait la brune, parce que sa blondeur n'était pas aussi angélique que celle de son aînée. Il y avait aussi Isak le timide, le poète viking qui avait ému mon cœur d'adolescente.

Je roule vers le Nord. L'avion est certes rapide mais j'aime la sensation de totale liberté que j'ai à conduire seule... Je roule et je n'ai plus besoin de prendre un ferry pour rallier la Suède, je roule sur l'Öresundsbron et ses seize kilomètres de route miraculeusement suspendue à soixante mètres au-dessus de la surface de la mer. Une armée improbable d'éoliennes surgit de l'eau. Dans quelques minutes je serai en Suède. Nous sommes en octobre et ce sera l'automne, l'automne déjà bien avancé que je ne connais pas là-bas, pour avoir toujours été contrainte de caser mon besoin annuel de calme absolu dans le cadre strict du calendrier scolaire français. L'automne que j'appréhende un peu, l'automne incongru, comme si pour moi la Suède n'existait qu'en juillet.

« Lennart ne va pas bien, pas bien du tout », m'a dit Maman avant-hier au téléphone (ça m'a toujours semblé étrange que ma mère appelle son propre père par son prénom). « Je pars ce soir, a-t-elle repris, Stina viendra me chercher à l'aéroport. » Maman et son père n'ont jamais été très proches, en tout cas pas aussi proches qu'elle l'aurait souhaité, Lennart a toujours été un vieux bonhomme taciturne et solitaire, qui n'a manifesté aucun intérêt pour la naissance de ses petits-enfants et encore moins pour celle de ses arrière-petits-enfants. J'ai beau essayer d'imaginer ce qu'il a pu être autrefois, je ne peux me représenter ce vieillard de quatre-vingt-onze ans que comme je l'ai toujours – et si peu – connu : distant mais poli, courtois mais pas concerné. Ma grand-mère est morte alors que ma mère n'était encore qu'un bébé. Lisbeth, la sœur de Lennart et mère de Stina qui n'était alors pas encore née, s'est occupée de ma mère comme de sa propre fille. Plus tard, elle a été, et est encore aujourd'hui, une grand-mère adorable pour mon frère et moi.

« Tu veux que je vienne ? » ai-je demandé. L'idée de voler quelques jours à la grisaille parisienne que je supporte de moins en moins me séduit, même si l'occasion ressemble peu à des vacances. Mon grand-père est en train de mourir, je ne suis pas triste, je ne le connais pas. Je l'ai rencontré quelques fois, lors de rares réunions de familles, il sait que j'existe : nos rapports s'arrêtent là. J'ai posé la question mais quelle que soit la réponse, j'ai déjà décidé, à la seconde même où j'ai compris la situation, que j'allais partir, trop heureuse de cette bonne excuse pour m'échapper de Paris.

« *Mon-grand-père-est-en-train-de-mourir-et-j'ai-besoin-de-quelques-jours-pour-rejoindre-ma-famille* ».

Je me suis entendue prononcer cette phrase comme on dit une formule magique. Je travaille dans le cabinet d'un généalogiste successoral. Mon travail consiste essentiellement en recherches, j'écume les mairies et les archives, et l'odeur poussiéreuse du vieux papier est mon – agréable – lot quotidien. Ici, quand quelqu'un meurt, c'est plutôt une bonne nouvelle. Un inconnu se découvre un ancêtre insoupçonné en touchant le jackpot.

« Bien sûr, vas-y, prends des manteaux, il neige là-bas, non ? » Jacques n'a pas osé ajouter « ramène-nous un pingouin », à cause du grand-père mourant, certainement. *Des* manteaux, il a dit, comme si j'allais enfiler plusieurs manteaux les uns par-dessus les autres. Comme si la Suède ne connaissait pas le chauffage et comme si je partais en expédition dans une contrée hostile… Ça m'a toujours un peu agacée, cette méconnaissance qu'ont les français des pays nordiques. Partir en vacances en Suède est perçu comme un sacrilège, une insulte aux cocotiers... Qu'importe, au moins là-bas, j'ai du silence, pas de voisins à moins de deux-cents mètres. Je respire une fois par an. Mais il faut être honnête, la vision de la France qu'ont beaucoup de suédois n'est pas beaucoup plus réaliste : la France se résume à Paris et à la Côte d'Azur, la *Riviera* comme ils disent, et une française digne de ce nom se doit de manger du foie gras au petit déjeuner, de boire du vin rouge dès que l'occasion s'en présente ou même quand elle ne se présente pas, de préférence en déshabillé Chanel et impeccablement maquillée.

Ça y est, je suis en Suède. J'allume mes phares, c'est obligatoire quelle que soit l'heure du jour. J'ai faim et je m'arrête au premier kiosque Sibylla[1]. D'ailleurs, même sans faim je m'y serais arrêtée. Les *korv med mos och Boston gurka*[2], c'est un passage obligé. Quand j'ai ce goût-là dans la bouche, je sais que je suis vraiment en Suède.

---

[1] Sibylla est une chaîne de restauration rapide très populaire en Suède.
[2] Saucisses servies avec de la purée de pommes de terre et des cornichons à la russe hachés.

Je vérifie mon téléphone, il s'est automatiquement connecté au réseau mobile local. J'appelle Guillaume. La ligne est mauvaise, il me répond de sa voiture comme le plus souvent, quelque part en région parisienne, entre deux rendez-vous. J'ai pris la route hier soir, après avoir couché les enfants. Je les ai prévenus que je partais en voyage, que j'allais voir Mamie dont le papa était très malade, et que je serai absente quelques jours. Guillaume me dit que tout va bien, qu'il leur a réexpliqué ce matin pourquoi je n'étais pas là à leur réveil. Il les a déposés à l'école et ils étaient de bonne humeur. Avoir leur papa pour eux tout seul est suffisamment exceptionnel pour que cela compense les petits inconvénients dus à mon absence. Guillaume va entrer dans un parking souterrain, la communication risque d'être interrompue.

« Bisou, je t'aime, je te préviens dès que j'arrive là-bas. »

Je raccroche et j'appelle Maman. Elle répond presque aussitôt, avec un « hallo » chantant. Elle a beau voir s'afficher mon numéro sur l'écran, le « allo » français, n'est pas de mise : elle est en Suède. Ma mère a passé les deux tiers de sa vie en France et parle parfaitement le français. Tout le monde dit qu'elle a gardé de sa langue maternelle un accent charmant, mais je ne l'entends pas : l'habitude, sans doute. On m'a dit que parfois je prends ce même accent : ma langue *maternelle*, c'est le français avec un accent suédois.

Elle est à l'hôpital. L'état de Lennart empire de jour en jour. Les médecins n'ont pas vraiment posé de diagnostic si ce n'est la vieillesse. Tout son corps est usé, en bout de course. Son cœur, son foie, ses reins s'éteignent doucement et lui avec. Il dort la plupart du temps, épuisé, parvient encore à articuler quelques mots, mais une conversation est impossible.

Mon-grand-père-est-en-train-de-mourir...

Il est presque midi et il me reste sept-cents kilomètres à parcourir. J'arriverai probablement dans la soirée. Je n'ai pas l'habitude de conduire sur de longues distances et je préfère m'arrêter souvent, prendre mon temps.

Je gratte le reste de purée au fond de la barquette en carton, j'ai finalement abandonné l'idée de couper en morceaux la saucisse avec l'unique couvert en plastique qui m'a été fourni, une fourchette à trois piques dont une, dentée, figure un couteau et qui s'est cassée à la première tentative. Un grand café servi dans un verre en carton, noyé de crème et de sucre, et il est temps de repartir. Je vide mon plateau dans la poubelle et je sors. J'allume une cigarette, même elle a un goût différent. Elle vient pourtant du paquet que j'ai acheté en France... Ça doit être l'air d'ici. Je monte dans la voiture et je démarre.

Les collines boisées et les lacs succèdent aux vastes prairies et les plaines de Scanie ne sont bientôt plus qu'un souvenir. A Paris, les enfants doivent être en train de goûter, ici il fait déjà nuit. J'ai longé le lac Vättern aux eaux violettes et j'ai vu le soleil s'y noyer, à peine retenu dans sa chute par les branches des bouleaux pleureurs aux feuilles jaunies par l'automne. De part et d'autre de la route, la forêt se fait de plus en plus dense. Des sapins et des bouleaux principalement, aux pieds desquels s'étale un lit de mousse, d'airelles et de myrtilles. De grosses pierres, si grosses que c'en sont presque des rochers, sont échouées çà et là, charriées il y a bien longtemps par la fonte des neiges. Bientôt je m'arrêterai à Örebro où une pause sera bienvenue. De là, il ne me restera plus que deux cents kilomètres. J'ai passé une nuit blanche et la fatigue se fait cruellement sentir.

La pause se transforme en sieste. J'ai abaissé le siège passager, m'y suis installée aussi confortablement que j'ai pu, allongée sur le côté et les jambes repliées, avec un coussin de voyage gonflable pour protéger mes genoux du dur contact de l'accoudoir intégré de la porte. Je n'ai rouvert les yeux qu'une heure et quart plus tard.

Je reprends la route. Le café, en Suède, est si léger qu'il ne me sera d'aucune aide pour combattre la fatigue. Je casse en deux un comprimé effervescent de cocktail vitaminé, et fais passer les deux moitiés par le goulot d'une petite bouteille d'eau. Ça sera certainement plus efficace que le café.

Ce soir je dormirai dans ma chambre de jeune fille : je n'y ai pas dormi seule depuis que j'ai rencontré Guillaume, mais la décoration est restée inchangée. Classique, claire et typiquement scandinave, elle me convient bien : murs blancs, plancher brut aux lames très larges, tapis en lirette et meubles en bois peint. Je réalise d'ailleurs que dans mes choix de meubles ou de couleurs j'essaie encore aujourd'hui de retrouver cette ambiance apaisante.

Falun, dernière grande ville avant le point final de mon périple. Enfin grande, tout est relatif : quarante mille habitants ça fait quand même pas mal de monde. Falun dont la mine est inscrite au patrimoine mondial de l'Unesco, et qui a contribué à la grandeur du château de Versailles en fournissant le cuivre qui en recouvre les toitures. Il reste à peu près cinquante kilomètres mais j'ai l'impression d'être déjà arrivée. Je suis enfin en Dalécarlie, *Dalarna* en suédois : les vallées. C'est une alternance de collines et de lacs, de forêts de sapins bleus, de pierres couvertes de mousses rouges et vertes et de brume. A partir de maintenant, je connais chaque virage, chaque maison au bord de la route, chaque arbre, chaque pierre.

Lennart

J'ai dormi d'une traite, épuisée par le voyage, rassurée par le cocon feutré de ma chambre, la douceur du feu dans le poêle en faïence, la présence de Maman. Nous partons toutes les deux pour l'hôpital de Falun et je refais la route à l'envers. Un virage à gauche, une ligne droite, on traverse un village, une station-essence, un jardinet saturé de nains en céramique, un lac sur la droite, encore un virage, un nouveau village, un pont en bois, un lac sur la gauche…

Falun est une calme ville de province, lente, statique, dont la pensée ne m'évoque que des images fixes, sans aucun mouvement. Rien ne bouge, ni les vitrines inchangées du musée de la mine, ni les devantures des magasins, même l'accent de ceux qui y vivent est traînant, comme si la seule urgence était d'économiser son énergie en prévision des rudesses de l'hiver.

La façade de l'hôpital est propre et claire, mais me fait l'effet d'un cache-misère. Le bâtiment est ancien et son apparence pimpante dissimule mal la vétusté de l'ensemble qui est d'ailleurs promis à une reconstruction prochaine. L'intérieur ne dément pas mon impression : c'est bien entretenu, mais c'est vieux.

La chambre de Lennart donne sur le parc de l'hôpital. Il y fait chaud, trop chaud. Je n'ai pas vu Lennart depuis plusieurs années et Maman se sent obligée de lui rappeler qui je suis.

« Tu te souviens d'Emma ? » Lennart hoche presque imperceptiblement la tête, ouvre la bouche puis la referme. Il m'a reconnue. Maman s'est assise sur la chaise en plastique à côté du lit et lui tient la main. C'est mon grand-père mais d'un seul coup j'ai le sentiment de ne pas être à ma place, de forcer l'intimité de cet homme que je ne connais pas. Je reste debout au pied du lit, j'essaie de paraître détendue, je souris et j'ai conscience que mon sourire a quelque chose d'emprunté, de commercial.

Deux coups discrets à la porte se font entendre, de ceux qui annoncent une entrée imminente et n'attendent pas d'autorisation. La porte s'ouvre et Stina paraît. Grande et mince, elle porte un jean et des baskets, un pull tricoté deux fois trop grand pour elle, qui lui arrive presque aux genoux. Je l'ai toujours vue habillée comme ça. En été, elle troque le pull contre un t-shirt, et c'est tout. Ses cheveux blonds mi-longs sont attachés en queue de cheval, et j'y remarque pour la première fois quelques fils blancs. Maman et Stina se ressemblent beaucoup. Elles ont grandi ensemble, et au-delà de la ressemblance physique, elles partagent également de nombreuses attitudes et expressions.

Stina me serre dans ses bras, à la suédoise, c'est une accolade sans baiser, puis elle s'approche de Lennart.

« Comment te sens-tu ? » Lennart lui lance un regard triste et épuisé. Ses lèvres articulent « fatigué », mais on n'entend qu'un souffle.

Nous restons peut-être une demi-heure, je raconte mon long trajet à Stina, nous échangeons quelques nouvelles de mes enfants et de voisins du village tandis que Maman feuillette un magazine.

Lennart s'est endormi et nous décidons de l'abandonner un petit moment pour aller prendre un café au distributeur et respirer l'air du parc.

Le ciel est d'un bleu parfait, le soleil est presque piquant dans l'air pur. Pourtant, le thermomètre affiche à peine huit degrés. Nos gobelets fument dans le froid, nous nous asseyons sur un banc. Stina me demande une cigarette que je lui offre volontiers. Elle n'a jamais été une vraie fumeuse et se contente de temps en temps d'une cigarette quémandée.

Nous fumons en silence et avons toutes les trois la même question à l'esprit : quand ?

L'interne qui suit Lennart s'avance dans notre direction avec un sourire ennuyé. Il nous salue, je me présente. Il nous explique qu'il a examiné Lennart ce matin et nous assure qu'il fait tout pour assurer son confort, mais que cela ne durera plus longtemps. C'est une question de jours, d'heures peut-être.

Nous retournons à la chambre de Lennart, qui est toujours endormi. Il est perfusé car il n'a même plus la force de s'alimenter normalement.

Les heures s'égrènent au rythme monotone de l'hôpital : entrées et sorties des infirmières, nos propres pauses sandwich, café ou cigarettes. Nous faisons en sorte que l'une de nous trois reste toujours dans la chambre avec Lennart, qui émerge de temps en temps de son sommeil pour quelques minutes, avant d'y replonger pour une durée indéterminée.

Il est dix-neuf heures. Lennart entrouvre les yeux, sa main tressaille.

« Lennart, dit Maman, nous allons rentrer à la maison et te laisser dormir. On sera là demain. Lennart articule péniblement *Je suis fatigué.*

– Oui, Lennart, je sais, tu es fatigué. Repose-toi. »

Lennart ferme les yeux dans un long soupir. Son visage est calme, détendu. Il s'est endormi.

A moins que… ?

Je regarde Stina et lit la même interrogation dans ses yeux. Maman extirpe doucement sa main de celle de Lennart, se penche sur son visage. Elle se tourne vers nous et fait non de la tête en fronçant les sourcils.

« Je crois qu'il est mort. »

Je reste plantée là, Stina sort de la chambre et revient quelques secondes plus tard accompagnée d'une infirmière. Celle-ci prend délicatement le poignet de Lennart, cherche un pouls, puis soulève ses paupières et examine ses yeux. Elle cherche en vain un battement sur son cou, puis se retourne vers nous et dit tout doucement : « C'est fini ».

J'ai du mal à comprendre ce qui se passe. Il est mort, c'est ça ? Il a juste l'air de dormir. Je n'ai jamais vu un mort auparavant, et j'imaginais cela différemment, enfin, je ne sais pas ce que j'imaginais mais certainement pas quelque chose d'aussi paisible, presque banal… Il aurait dû avoir un dernier sursaut, se redresser dans son lit dans un râle et nous dire une belle phrase énigmatique, ou pardon, ou merci, ou adieu qu'est-ce que j'en sais !

J'ai l'impression qu'on va entendre la voix du réalisateur : « Coupez ! On va la refaire. C'était pas assez dramatique. »

Mais non, rien. Il était fatigué, c'est tout. Tellement fatigué qu'il en est mort.

Le médecin, que l'infirmière est allée chercher entre temps, vient lui-même s'assurer que Lennart a bien cessé de vivre. Il nous présente ses condoléances avec un ton parfaitement professionnel, on sent que c'est quelque chose qu'il dit malheureusement trop souvent. Il nous conseille ensuite de rentrer chez nous, d'y passer la meilleure nuit possible en ces circonstances, et que demain sera bien assez tôt pour s'occuper de la paperasserie.

Maman pleure, Stina la réconforte et moi je me sens désespérément nouille.

« Je vais conduire. C'est mieux non ? »

Voilà ce que j'ai trouvé de plus approprié à dire le jour où j'ai perdu mon grand-père.

* * *

Nous avons passé la soirée chez Stina. Nous avons bu du thé et mangé du *Leksandsbröd* – du pain croquant – tartiné de ce que les suédois appellent pompeusement du *kaviar* et qui se résume à une pâte d'œufs de cabillaud qui rappelle un peu le tarama en beaucoup plus salé.

Le début du repas a été silencieux, hébété, puis les mots sont venus, progressivement, à mesure que l'heure avançait. Nous nous sommes confortablement installés dans la véranda de Stina, aménagée en jardin d'hiver. Il fait noir mais la lune est pleine et on distingue vaguement les collines boisées derrière le pré. Parfois, à la tombée de la nuit, des biches ou mêmes des élans s'y aventurent à découvert. La véranda est en bois comme toute la construction ; Stina a choisi de la peindre en vert et blanc pour trancher avec le rouge régional de la maison. Cette peinture rouge si répandue, et qui est devenue un des symboles de la Dalécarlie, est obtenue à partir des résidus de minerai qui subsistent après l'extraction du cuivre de la mine de Falun. Les caillasses sont réduites en poudre et mélangées à de l'huile de lin, de l'eau et du savon noir : ce mélange assure une excellente protection au bois dont est faite l'écrasante majorité des édifices de la région.

Stina vit seule depuis de nombreuses années. Elle a été mariée mais a divorcé assez rapidement. Elle n'a pas eu d'enfants.

Maman a dit « Je ne connaissais pas mon père ». Lennart a toujours été silencieux et renfermé, il vivait dans son monde et personne n'y était invité, pas même sa propre fille. Maman m'a souvent raconté qu'elle était plus proche de Lisbeth, sa tante, que de lui. Lennart a consacré sa vie à son travail, puis sa retraite à ses lectures ; il enseignait le latin, l'italien et le français à l'université de Falun. Plus tard, il a appris seul l'hébreu afin de pouvoir lire la Bible dans sa version originelle, par curiosité historique. Il ne croyait en rien.

Lennart était un ours, un ermite, un original, un érudit qui eût probablement été passionnant s'il avait bien voulu partager ne serait-ce qu'une toute petite partie de ses connaissances.

« Ma mère m'a dit qu'il n'a pas toujours été comme ça, a dit Stina en s'adressant à Maman. Ta mère était comme lui, brillante, solaire. Ils formaient un couple exceptionnel. Quand elle a disparu, il s'est fermé comme une huître. Il n'a jamais réussi à surmonter la perte de sa femme.

– Je sais ça, a répondu Maman, j'imagine combien ça a dû être difficile pour lui, mais j'aurais bien aimé, quand même, qu'il m'en parle un peu plus. J'étais là, moi ! Est-ce qu'il s'en est rendu compte, au moins ? Tout ce que je sais d'elle c'est grâce à Lisbeth… Mais même elle ne parle pas beaucoup de cette période. Elle a connu ma mère, je crois même qu'elles s'entendaient plutôt bien, et elle est la personne au monde qui connaissait le mieux Lennart. Le peu qu'elle m'en a dit, j'ai dû lui tirer les vers du nez : *C'est si loin tout, ça. A quoi ça sert de remuer le passé ?* »

Lisbeth, justement. Il va falloir la prévenir. Elle habite à Falun, dans une résidence médicalisée pour personnes âgées. Demain matin nous irons lui annoncer la triste nouvelle. Lisbeth a quatre-vingt-huit ans, elle se déplace difficilement et a besoin d'assistance pour certains gestes quotidiens, mais elle a gardé toute sa tête et a les idées parfaitement claires.

30

Lisbeth

La résidence de Lisbeth s'appelle *Klockargården*, « le jardin des clochettes », en référence aux fleurs du même nom qui colorent en mauve les parterres du parc au printemps. Mais cela peut également se comprendre comme « le jardin des horloges » et Lisbeth m'a dit un jour que c'était un nom bien trouvé pour une maison de *vieux* : il lui rappelle chaque jour que son seul ennemi c'est le temps.

Lisbeth, qui connaissait l'état de son frère, n'a pas été surprise. Elle s'y attendait. Elle a dit :

« C'est mieux comme ça. Il n'avait plus la force de rien. Je sais ce que c'est maintenant, d'être seule, je le comprends. Je ne dis pas ça pour toi Stina, bien sûr, tu viens souvent me voir, et vous deux aussi (elle nous regarde Maman et moi), et le reste de votre famille, même si vous habitez si loin… Mais quand j'ai perdu mon Stig, ça n'était plus comme avant. C'est de cette solitude-là dont je parle. »

Stig, le mari de Lisbeth, est mort de sa belle mort, il y a douze ans. Nous étions, mon frère et moi, les petits enfants qu'il n'avait pas eu et il était un peu notre grand-père bis. Nous passions un mois d'été en Suède et pendant ce mois-là, il était tout à nous. Stig nous emmenait pour de longues marches en forêt dont nous revenions les paniers chargés de myrtilles et de girolles, nous escaladions avec lui les collines escarpées des environs juste pour aller admirer un bouleau à la forme bizarre, une souche ressemblant à un troll ou un panorama à couper le souffle comme il en existe seulement en Dalécarlie… Chaque promenade était une aventure.

Parfois, nous partions avec lui pour un tour en voiture, en « safari », juste avant le coucher du soleil, à l'heure où les animaux sauvages sortent timidement des forêts. A nous les élans ! Les soirs de chance, nous apercevions parfois un lynx ou un ours.

Stig avait un atelier attenant à la maison qu'il appelait sa menuiserie. Ça y sentait bon le bois et la cire. Il était doué pour fabriquer toutes sortes de choses : le travail du bois n'avait pas de secret pour lui. Nous avons eu des arcs, des flèches, des petits meubles pour notre *Lekstuga*[3], des bijoux, des jolies boîtes en écorces pour ranger nos trésors, des petits animaux sculptés…

---

[3] Maisonnette en bois pour les enfants.

La clef de la menuiserie était suspendue à un clou en hauteur, juste à côté de la porte, bien en évidence. Son utilité était surtout d'éviter que les enfants y pénètrent et s'y blessent, plutôt que de décourager d'éventuels voleurs. Aujourd'hui, la porte est fermée et la clef est toujours sur son clou. Je ne crois pas que qui que ce soit y ait pénétré depuis douze ans.

Je ne suis plus triste aujourd'hui en pensant à Stig, mais son évocation fait toujours monter en moi une pointe de nostalgie. Je me souviens de ma peine quand j'ai appris qu'il nous avait quittés. Hier Lennart est mort, mais la seule peine que je ressens est liée à celle de ma mère qui vient de perdre son père.

* * *

Stina et Maman sont retournées à l'hôpital pour régler les formalités administratives. Je reste seule avec Lisbeth. Je lui propose un tour dans le parc, mais elle préfère rester au chaud. Elle me dit que Lennart va lui manquer et je me dis que renfermé et secret comme il était, ça doit déjà faire pas mal de temps qu'il lui manque, mais je préfère garder ma réflexion pour moi. Je ne connais pas grand-chose à son histoire, je trouve qu'il a été terriblement égoïste et je sais que ma mère en a souffert, mais aujourd'hui tout ce qu'il m'inspire c'est de la curiosité. J'ai envie de questionner Lisbeth sur son frère, sur ma grand-mère, d'ailleurs je n'ai même jamais vraiment compris de quoi elle était morte, mais le moment est mal choisi. Je crois que Maman me l'avait dit, il y a très longtemps, il me semble qu'il y avait quelque chose de pas très clair ou de pas commun dans sa mort, mais aujourd'hui cela m'échappe.

Nous restons toutes les deux assises côte à côte sur le sofa, Lisbeth pleure silencieusement, presque sans larmes. Je passe mon bras autour de son cou, je pose ma tête sur son épaule, comme quand j'étais petite. Je ne dis rien, tout ce qui me vient à l'esprit me paraît idiot et je le ravale. J'ai toujours envie d'en savoir plus sur mes grands-parents et je me creuse la tête pour trouver une entrée en matière pas trop brutale, et en même temps j'ai honte de ne penser qu'à satisfaire ma curiosité alors que Lisbeth est en deuil.

« Est-ce que tu sais où est enterrée ma grand-mère ? Est-ce que Lennart va être enterré auprès d'elle ? »

Lisbeth lève les yeux vers moi et ne dit rien pendant de longues secondes. Elle me fixe, je n'arrive pas à décrypter son expression, est-ce que c'est de la stupeur, de l'interrogation, de la surprise, de la peur ? J'ai l'impression que je l'ai prise de court et qu'elle se demande ce qu'elle va bien pouvoir me répondre.

« Saga.

– Saga ?

– Elle s'appelait Saga. Elle n'est enterrée nulle part. Elle a disparu. Elle a été déclarée morte mais on ne l'a pas retrouvée. Tu ne le savais pas ?

– Non. Tout ce que je sais c'est qu'elle est morte quand Maman était encore toute petite. Mais je ne sais même pas de quoi. Je n'ai jamais demandé, même si je me suis parfois posé la question. J'ai l'impression que ça met tout le monde mal à l'aise quand on aborde ce sujet.

– Ca a été très dur. Ton grand-père n'a jamais pu s'en remettre. Il s'est isolé, enfermé dans sa tristesse. Ta mère était trop petite pour comprendre, elle avait à peine un an quand Saga a disparu.

– Mais elle a disparu comment ? C'était un accident de bateau ou quelque chose comme ça ? Ou un enlèvement ?

– Non, non rien de tout ça. Elle est partie seule en forêt, et elle n'est jamais revenue. Ça arrive parfois, c'est tellement grand la forêt. On peut chercher pendant des mois sans rien trouver. Elle a certainement eu un accident, c'est tout. Pas de chance. C'était tellement triste. Je me suis occupée de ta mère, Lennart était… bloqué. C'est ça, bloqué, sidéré, incapable de quoi que ce soit. C'est pour ça qu'on n'en parle pas. Ça ne sert à rien de remuer tout ça, ça lui a fait tellement de mal. »

Je repose ma tête sur l'épaule de Lisbeth. Ses yeux sont secs maintenant. Elle s'est arrêtée de parler. J'en ai appris plus en quelques phrases que dans toute ma vie.

« Ca va maintenant, Lisbeth. Lennart l'a certainement retrouvée, d'une manière ou d'une autre. »

21 juin 1946

Midsommar – Fête de la Saint-Jean

Lennart et Saga ont dansé toute la soirée autour du mât de Saint-Jean qui avait été dressé un peu plus tôt dans l'après-midi. Des couronnes de branches de bouleau, en forme de cœur, y ont été accrochées. Saga portait pour la première fois le costume traditionnel aux couleurs de la ville de Leksand, le « Leksandsdräkt » : une chemise blanche, un boléro rouge avec des broderies aux motifs floraux, un tablier rayé rouge et blanc sur une ample jupe noire. Une pochette également brodée, retenue par des rubans pareils à ceux de ses cheveux, était plaquée sur sa hanche. Elle portait le costume de Mora à son mariage, mais maintenant elle est ici. Sa vie est ici. Elle a rangé son « Moradräkt » et vient juste de terminer de coudre elle-même le nouveau.

Heureux et fatigués, ils rentrent main dans la main vers leur petite maison encore à peine aménagée, ils ne sont mariés que depuis deux mois. On entend les musiciens au loin, qui jouent au violon des mélodies folkloriques que tous les danseurs connaissent et reprennent en chantant avec des « Youhou ! » joyeux.

Il est trois heures du matin, il fait jour. Le soleil est descendu se cacher derrière l'horizon puis a réapparu très vite. Même au plus sombre de la nuit, Lennart y voyait suffisamment clair pour réaliser que tous les regards se tournaient vers sa jeune épouse. Saga était magnifique.

« J'adore Midsommar, dit Saga. C'est la fête que je préfère. Tout le monde est là, toute le monde danse, tout le monde a l'air heureux.

– Tu as raison, ça devrait être Midsommar toutes les semaines ! Mais peut-être qu'on s'en lasserait à la fin ?

– Peut-être. Saga marque une pause puis reprend : Comme cette vieille femme qui est restée assise toute seule toute la soirée. Elle m'a fait pitié. Elle m'a fait un peu peur aussi, quand à un moment je suis passée tout près d'elle et qu'elle m'a dit « Regarde-moi ! ». C'était plutôt agressif. Je n'ai pas répondu.

– Ah bon ? Je ne l'ai pas remarquée, c'est surprenant. Tu sais qui c'était ?

– Non. Je ne l'avais jamais vue avant. »

Guillaume

Maman et Stina, pendant que j'étais avec Lisbeth, sont allées embrasser Lennart une dernière fois à l'hôpital. Elles se sont ensuite rendues au bureau des pompes funèbres d'état où les documents concernant le décès de Lennart avaient déjà été transmis. L'organisation de funérailles est un peu différente en Suède de ce dont nous avons l'habitude en France : les impôts que le mort a payés de son vivant incluent une taxe d'inhumation, qui couvre une bonne partie des frais inhérents à l'enterrement ou à la crémation. La famille conserve la charge des fleurs, d'une réception éventuelle, et peut payer un supplément si elle souhaite un cercueil autre que le « standard ».

L'enterrement lui-même intervient après un certain délai dont la durée maximale vient d'être récemment fixée à quatre semaines. Avant cela, cinq ou six semaines étaient chose courante, et deux mois d'attente ne choquaient personne. Aujourd'hui, bien que ce délai ait été écourté, la loi suédoise impose une attente minimale de dix jours entre le décès et l'inhumation. Les familles de religion juive ou musulmane, dont les traditions impliquent un délai très court d'inhumation, disposent de services de pompes funèbres spécifiques, également d'état, et peuvent espérer enterrer leurs morts après une semaine, ce qui est exceptionnellement court. Ces délais sont une tradition héritée d'une époque où les moyens techniques rendaient très difficile le creusement d'une tombe en période hivernale, alors que la terre était gelée.

La famille a en réalité très peu de démarches à faire, les administrations communiquent efficacement entre elles : c'est l'office des impôts qui contacte les héritiers dans les trois mois qui suivent le décès et nomme un exécuteur chargé de liquider la succession, qui n'est pas soumise à l'impôt.

Les héritiers se chargent de faire l'inventaire des biens mobiliers et en réalisent le partage à leur convenance. Le liquidateur n'intervient qu'en cas de litige.

Le plus urgent est donc fait. Nous nous retrouvons chez Stina pour une nouvelle soirée. Je profite de sa connexion internet à haut débit pour parler via camera à Guillaume et aux enfants. Les deux petites frimousses se télescopent à l'écran, se chamaillent pour être au premier plan. Ils me racontent les derniers potins de l'école, j'ai aussi droit au menu de la cantine, et nous passons cinq bonnes minutes à nous faire des coucous et des bisous. J'avais envie de parler un peu avec Guillaume, mais les enfants sont tellement excités que nous décidons de reporter notre conversation à un peu plus tard dans la soirée, lorsqu'ils seront endormis.

Guillaume et moi nous sommes lassés de Paris : trop de monde, trop de bruit, trop de tout. Nous aspirons au calme et depuis quelques semaines déjà, nous portons un œil attentif sur les annonces immobilières. Internet propose de nombreux sites sur lesquels nous avons enregistré nos critères de choix, et les annonces qui y correspondent arrivent régulièrement dans notre boîte mail. Jusqu'à présent rien n'a retenu notre attention mais pendant notre très bref échange Guillaume m'a dit qu'une annonce lui avait plu. Je suis impatiente d'en savoir plus.

Stina, Maman et moi dînons de boulettes de viandes, avec quelques pommes de terre, de la sauce brune et de la confiture d'airelles : rien moins que le plat national. Petite entorse à la tradition, nous l'accompagnons d'un vin de Bourgogne. Ça se marie bien ! C'est Maman qui en a apporté une bouteille, tout en culpabilisant un peu d'inciter Stina à boire alors que l'on sait tous qu'elle a tendance à forcer un peu sur l'alcool dès qu'elle en a l'occasion. Je crois qu'elle boit quand elle est seule. Je ne l'ai jamais vue réellement saoule, mais parfois quelque chose dans sa démarche, ou dans l'intonation de sa voix, me donnent quelques doutes que Maman partage également. Mais je crois qu'elle préfère ne pas savoir et refuse d'aborder le sujet avec elle.

« Lisbeth m'a parlé un tout petit peu de Saga. Qu'elle avait disparu, que Lennart en avait presque perdu la raison. Qu'est-ce que vous savez, vous deux, sur cette histoire ? Et sur elle ? Ça m'intrigue.

– Pas grand-chose, me répond Maman. Elle a disparu. Pffft ! Comme ça. Elle est partie et elle n'est jamais revenue. Je me rappelle que j'avais demandé à Lennart si j'avais de la famille de son côté, je devais avoir seize ans à l'époque. Il m'avait dit qu'elle était d'un petit village à côté de Mora, qu'elle avait perdu ses parents coup sur coup lorsqu'elle était adolescente. Elle avait vécu trois ou quatre ans chez une amie proche de ses parents avant de se marier. Elle était fille unique. »

Mora n'est pas très loin : une quarantaine de kilomètres tout au plus. Au bord du lac Siljan, tout comme Leksand et Rättvik, deux petites villes toutes proches d'ici. Le Siljan fait partie d'un ensemble de lacs qui forment un anneau d'une cinquantaine de kilomètres de diamètre, empreinte de la chute d'une météorite géante survenue il y a quelques trois cent soixante-dix-sept millions d'années. L'impact a créé un cratère avec un rebond central, laissant un creux en forme d'anneau qui s'est empli d'eau et a formé différents lacs dont le plus grand est le Siljan qui atteint une profondeur de cent-vingt mètres par endroits. Tout ça donne une idée de la taille de la météorite... Ça a dû être apocalyptique.

« Cette femme chez qui elle a vécu ? Quelqu'un sait qui c'est ?

— Je n'en sais rien, me répondent en chœur Maman et Stina. Une amie de ses parents. Elle était de Mora, ou peut-être du même village, à côté. Lisbeth sait peut-être ?

— J'ai l'impression que Lisbeth n'a pas du tout envie d'en parler mais je tenterai ma chance... »

Maman et moi débarrassons la table tandis que Stina nous prépare des cafés.

« Il va falloir trier les affaires de Lennart, dit Maman. J'irai demain. Autant commencer tout de suite, ça risque de prendre pas mal de temps. Vous m'accompagnez ? »

Stina et moi sourions devant l'évidence. Bien sûr que nous irons avec elle. Maman, comme à son habitude, a besoin de rester occupée. Il lui faut un programme, une organisation : ça la rassure. Aujourd'hui, malgré son apparente détermination, elle a l'air d'une toute petite fille qui ne sait pas ce qu'elle doit faire. Elle vient de perdre un père qu'elle n'a quasiment pas eu, elle est perdue. Bien sûr que nous irons avec elle dans la maison de Lennart.

Je les abandonne toutes les deux un moment pour aller fumer une cigarette à l'extérieur, sous le porche. C'est un joli porche en bois sculpté, suffisamment grand pour accueillir une petite table de jardin et un fauteuil à bascule. Le chat de Stina s'était installé sur le fauteuil mais il s'éloigne nonchalamment à mon arrivée. C'est un vieux chat norvégien, roux et massif, avec de courtes oreilles pointues rappelant celles des lynx : il ne réserve ses rares accès de sociabilité qu'à sa maîtresse. Qu'importe, je m'installe sur le fauteuil. J'allume ma cigarette et j'envoie un message à Guillaume avec mon téléphone mobile.

Les enfants dorment ? Tu me rappelles ?

Quelques secondes seulement passent avant que la sonnerie résonne dans le calme de la nuit.

« Héééé… Tu t'en sors ?

– Pas mal ! On s'est fait une petite soirée pizza avec Harry Potter à la télé, et ils se sont endormis comme des bienheureux. Dans le même lit. »

J'imagine Eva et Max, pelotonnés l'un contre l'autre, et soudain ils me manquent terriblement. Guillaume enchaîne :

« Alors… Comment ça se passe là-bas ? Ta mère ? Elle tient le coup ?

– J'ai l'impression que oui… Mais tu sais comment était Lennart. Il a toujours été très distant. Je suppose que ça ne doit pas être très facile de faire le deuil de quelqu'un qui était déjà absent de son vivant. »

Guillaume a eu l'occasion de rencontrer Lennart une ou deux fois, et s'est fait une opinion immédiate sur le personnage : mon grand-père était définitivement un *vieux con égoïste*.

« Et Stina ? Et Lisbeth, tu l'as vue ?

– Oui, bien sûr. Stina est très présente, comme toujours. Tu sais comme elle est proche de Maman, c'est bien qu'elle soit là. Et j'ai passé un long moment avec Lisbeth hier. Elle est triste, et je sens que la mort de Lennart fait remonter des trucs anciens…

– Des *trucs* ?

– Ma grand-mère. Je t'avais dit qu'elle était morte quand Maman était bébé. Mais apparemment c'est un peu plus compliqué que ça. »

Oui, un peu plus compliqué que ça. Mais à quel point ? Je n'en ai aucune idée.

« Tu rentres quand ?

– Je ne sais pas encore. Quelques jours peut-être… Je ne resterai pas jusqu'à l'enterrement, c'est sûr. Ça ne sera pas avant plusieurs semaines. Peut-être que j'y retournerai à ce moment-là. Stina et moi allons aider Maman à faire le tri dans les affaires de Lennart, et je rentrerai quand ce sera terminé. J'aimerais essayer d'en savoir un peu plus sur ma grand-mère aussi, mais je n'ai pas l'impression que Lisbeth aie vraiment envie d'en parler.

– Prends tout le temps qu'il te faut. Je commence à prendre goût à la vie de père célibataire.

Rien qu'à l'entendre, je peux voir le grand sourire de Guillaume. Max en a hérité.

– Compris ! Bon, alors, cette maison ? Raconte-moi.

– Je t'envoie une copie de l'annonce par mail, avec les photos. Ça a l'air pas mal. J'ai bien envie d'aller visiter.

– C'est où ?

– En Champagne. Au milieu des vignes, une vieille maison toute en pierres avec un joli jardin, très fleuri sur les photos. Tu me diras ce que tu en penses.

– D'accord. Mais tu peux déjà aller visiter, ça n'engage à rien. »

Nous raccrochons, après nous être promis de nous rappeler dès le lendemain. J'allume une nouvelle cigarette. Le chat s'installe tranquillement à quelques mètres de moi. Il me surveille du coin de l'œil. Je tente une approche prudente mais il m'arrête d'un grognement. Il a une souris sans tête entre les pattes.

17 février 1947

« Saga ? »

Lennart vient de rentrer à la maison, il est un peu inquiet, Saga n'était pas en grande forme ce matin lorsqu'il l'a quittée. Ces derniers temps, elle s'est comportée de façon étrange. Il ne comprend pas ce qui se passe. Sa Saga, son grand amour a changé. Elle reste prostrée pendant des heures, perdue dans un monde insondable, puis brusquement semble reprendre vie comme si rien ne s'était passé. D'autres fois, elle est surexcitée, parle vite et beaucoup, Lennart n'arrive pas à la suivre.

« Saga ! Tu vas bien ? »

Saga est assise sur le banc-coffre, raide, les genoux serrés, aussi droite que lui permet sa grossesse de cinq mois, déjà bien visible. Ses yeux sont rougis, elle a pleuré. Elle paraît complètement ailleurs, fixant un point invisible, légèrement sur sa droite.

« Saga, qu'est-ce qui se passe ? »

Saga émet un son grave, qui ressemble à un grognement animal. Elle lève la main gauche et agite ses doigts bizarrement.

Lennart s'approche d'elle tout doucement, s'assoit sur le banc à côté d'elle et mêle délicatement ses doigts aux siens toujours en mouvement. Il pose son autre main sur son ventre arrondi qui tressaille à son contact. Il attend de longues minutes, immobile.

Saga tourne enfin la tête vers Lennart.

« Elle était là aujourd'hui.

– Qui était là ?

– La vieille femme. Celle de Midsommar. Je l'ai revue plusieurs fois. Toujours de loin. Mais aujourd'hui elle était là.

– Comment ça, elle était là ? Ici ? Dans notre maison, tu veux dire ?

– Oui, ici. Sur le fauteuil.

– Tu l'as invitée chez nous ?

– Non. Elle était sur le fauteuil. Elle me demandait de la regarder. Alors je l'ai regardée. Elle m'a demandé du café. Je suis allée dans la cuisine, et quand je suis revenue elle n'était plus là. »

La caverne de l'ours

Maman et moi avons pris un petit déjeuner rapide avant de partir pour la maison de Lennart. Récupérer Stina chez elle ne nous a pris qu'un instant, elle était déjà prête. La distance jusqu'à Risholn n'est pas très longue, une vingtaine de minutes en voiture tout au plus.

Nous arrivons vers dix heures, le temps est gris et une pluie très fine enveloppe la campagne d'une brume triste. La maison de Lennart n'est pas très grande : les extensions initialement prévues n'ont jamais été réalisées. Stina sort la clef de sa poche. C'est elle qui avait emmené Lennart à l'hôpital il y a quelques semaines déjà, et il lui avait demandé de relever le courrier.

« J'ai juste mis le courrier sur la table et vidé le réfrigérateur. Je n'ai pas regardé ailleurs. C'était… intimidant. »

Maman était venue rendre visite à Lennart l'été dernier, cela fait maintenant près de trois mois. La maison paraît terriblement vide et terne maintenant que l'été est passé.

Nous pénétrons par l'unique entrée. Le petit porche en bois, qui a dû être blanc autrefois, aurait sérieusement besoin d'un coup de peinture. Stina fait tourner la clef dans la serrure et ouvre la porte. L'odeur de renfermé, l'odeur de la vieillesse nous assaillent immédiatement. Je rentre en dernier et laisse la porte grande ouverte. De toute façon le chauffage n'est pas allumé. Nous pénétrons dans l'étroite entrée. La cuisine est sur la gauche, le salon sur la droite. Au bout du couloir, une grande pièce qui a été la chambre de Maman lorsqu'elle était petite, puis une extension du bureau de Lennart qui accumulait les livres et la paperasse, a été réaménagée il y a quelques années en chambre à coucher lorsqu'il a commencé à avoir des difficultés à monter l'escalier qui mène à l'étage.

L'escalier se trouve après l'entrée du salon. En haut il y a deux petites pièces : le bureau de Lennart et son ancienne chambre à coucher.

« On commence par quoi ? demande Maman.

— Comme tu veux, Maman. De toute façon il faudra bien qu'on passe partout... On peut commencer par faire un tour et se faire une idée... »

La maison paraît plutôt ordonnée à première vue, mais les pièces sont surchargées de trop nombreux meubles. Ordonnée, certes, mais pas entretenue. Une épaisse couche de poussière recouvre tout et des taches non identifiées sur le sol et les murs. Stina ouvre au hasard deux tiroirs de la grande commode du salon. Ils contiennent des porte-clés, bricoles cassés, pièces de monnaie n'ayant plus cours, clés qui n'ouvrent probablement plus rien, des cartes de visites avec des numéros de téléphone qui ne se présentent plus ainsi depuis trente ans... Si tous les tiroirs sont comme ces deux-là, il va nous falloir un mois pour tout trier !

« Quel bordel ! » dis-je, tout en pensant à mon propre tiroir à merdouilles, dans ma cuisine, finalement pas si différent de celui qui est sous mes yeux.

Tout est vieux. Les meubles, les tapis, les cadres sur les murs, même les accessoires de cuisine, tout a l'air d'avoir au moins cinquante ans. Certainement plus. En fait, on dirait que la maison est restée en l'état depuis qu'il y a emménagé, il y a maintenant soixante-sept ans, avec Saga.

« Maman, c'était déjà comme ça, ici, quand tu étais petite ?

– Oui, ça n'a pas vraiment changé. A part ma chambre qui a été réaménagée, c'est tout. Il a dû remplacer ce qui était cassé ou abîmé, parce qu'il me semble que le sofa était différent autrefois, mais il n'a jamais fait d'efforts de décoration. Je crois qu'il s'en fichait. »

Pas de télévision. Un poste de radio, hors service. Lennart vivait vraiment en ermite. Dans la cuisine, je découvre un magnifique téléphone mural Ericsson, qui doit dater des années soixante. Je décroche le combiné et y colle mon oreille. Il fonctionne. La mode est au vintage, si maman ne souhaite pas le garder, elle en tirera certainement un bon prix.

« Au moins il avait le téléphone !

– Oui, ça, il l'a toujours eu. Dès qu'il a emménagé il a fait installer le téléphone. Je crois qu'il était le premier à en avoir un dans le village, d'ailleurs. Je me souviens que quand j'étais petite les voisins venaient parfois ici lorsqu'ils avaient besoin de téléphoner. Et il m'est arrivé d'aller porter un billet ici ou là, avec un message, parce que quelqu'un du village avait reçu un appel. C'était un autre appareil à l'époque, encore plus vieux ! Il a été remplacé par celui-là quand j'avais une quinzaine d'années. Et à ce moment-là, tout le village a été équipé. Du coup, notre téléphone s'est arrêté de sonner.

– Tu devais te sentir très seule, Maman…

– Oui, dit-elle dans un soupir désabusé. Mais j'avais Stina, et Lisbeth et Stig. J'étais chez eux la plupart du temps. Heureusement ! »

Maman ouvre au hasard les placards de la cuisine. Leur contenu n'a visiblement pas servi depuis très longtemps. Assiettes, plats, casseroles, tout est couvert d'une épaisse couche de poussière.

« J'ai remarqué une malle dans le bureau, en haut. Elle a l'air d'être pleine de paperasses et de vieux documents. Tu veux que j'aille y jeter un œil ? Il y a peut-être quelque chose d'intéressant…

— Vas-y, et appelle-moi si tu trouves quelque chose.

— Tu viens fumer une cigarette avec moi dehors avant de monter ? me demande Stina. J'ai acheté un paquet, je t'en ai déjà pris beaucoup ! »

Nous sortons nous installer sous le porche, à l'abri de la pluie qui n'a pas cessé de tomber. Fumer dans la maison n'aurait certainement dérangé personne, mais les habitudes sont tenaces. Maman a arrêté de fumer il y a bien longtemps et voir Stina qui lui ressemble tant la cigarette à la main fait ressurgir des images d'enfance.

« Comment tu vas, toi ? me demande-t-elle.

— Bien, je suppose… Tu sais, Stina, je ne connaissais pas Lennart… Je ne suis pas triste, il ne me manque pas. Mais je comprends que ça doit être compliqué pour Maman. Elle est triste. En colère aussi. Son père lui a toujours manqué, mais aujourd'hui il lui manque différemment. Finalement, peut-être que ça va l'apaiser, après tout, qu'il ne soit plus là.

– Peut-être. Je ne suis pas sûre. Moi-même je ne sais pas vraiment ce que je ressens. Ta mère est comme ma sœur, mais c'est son père, pas le mien. On a toujours tout partagé mais ce sentiment-là, elle doit le gérer toute seule. Je voudrais l'aider mais je ne peux pas. C'est surtout ça qui me rend triste, en fait. »

Nous rentrons en hâte, les doigts tout engourdis du froid et de l'humidité du dehors. Non qu'il fasse plus chaud à l'intérieur, mais au moins, l'air est sec. Je laisse Maman et Stina au rez-de-chaussée et monte dans le bureau.

La malle est pleine de papiers, jaunis pour la plupart et visiblement là depuis bien longtemps. Avant d'y regarder plus attentivement, je jette un œil à la bibliothèque. Elle ne contient pas que des livres : dossiers, chemises cartonnées jouflues, journaux et magazines... Lennart s'était constitué une réserve de documents assez impressionnante. Pour ses recherches ? Son plaisir ? J'espère pour lui que c'est un peu des deux. Le plaisir, visiblement, ce n'était pas son truc.

La plus grande partie du contenu de la bibliothèque concerne la linguistique ou l'histoire, quelques manuels de pédagogie aussi ; c'est vrai, Lennart enseignait à l'université. Sur une étagère, une quinzaine de thèses, rangées par ordre chronologique. J'en sors une au hasard : « Influence du vieux Norrois sur les langues latines modernes », par Katarina Magnusson, datée de 1987. Lennart était son directeur de thèse. Un regard rapide aux autres thèses m'apprend que Lennart était directeur sur toutes les thèses. Logique.

Le bureau est encombré. Deux lampes, un sous-main cartonné saturé de gribouillages, une dizaine de livres dont dépassent des post-it colorés, deux pots à crayons et une bannette en plastique rouge, propre et brillante, qui jure avec le décor vieillot et poussiéreux de la pièce. Elle déborde de factures courantes. La plus ancienne date d'il y a cinq mois. Lennart a dû avoir des velléités de rangement, mais sa motivation s'est visiblement arrêtée à l'acquisition de la bannette.

Les trois tiroirs du bureau sont eux aussi plein de paperasses : des documents imprimés, quelques notes manuscrites aussi. Je ne connais pas l'écriture de Lennart, mais je suppose que ce sont les siennes. Je sors toutes les feuilles, et pose la lourde pile sur la malle. Puisque je dois trier…

Stina apparaît dans l'encadrement de la porte et me fait presque sursauter.

« J'ai fait un peu de café, tu descends ? »

5 juillet 1947

« Vas-y, Lennart. Ne t'inquiètes pas, je reste avec elle. »

Depuis la naissance du bébé, Lisbeth passe ses journées avec Saga et ne rentre chez elle qu'au retour de Lennart. La petite Ester, qui va bientôt fêter ses quatre semaines de vie, est blonde comme sa mère. C'est un bébé calme, facile.

Saga est assise à la table de la cuisine, en robe de chambre. Lennart dépose un baiser sur ses cheveux et sort.

« Comment s'est passé la nuit, Saga ? demande Lisbeth.

— Ester s'est réveillée deux fois. Je l'ai nourrie, et elle s'est rendormie facilement. Elle dort.

— Tu veux encore un peu de café ? Il en reste.

Saga fait non de la tête. Lisbeth s'affaire devant l'évier, lave, essuie puis range la tasse que Lennart a utilisée.

– Qu'est-ce qui va se passer, après, Lisbeth ?

– Après quoi ?

– Après, plus tard, je ne sais pas. Moi, le bébé, Lennart.

– Je n'en sais rien, Saga. On verra bien. On est là. On trouvera certainement une solution.

– Je ne veux pas aller à l'hôpital.

– Je sais, Saga. Lennart le sait aussi. Ne t'inquiète pas.

On entend des pleurs à l'étage. Ester est éveillée.

– Tu veux que j'aille la chercher ?

– Merci, oui. »

Lisbeth tient Ester dans ses bras, lui sourit, lui parle doucement. Elle prend le temps de changer ses langes avant de redescendre. Saga est toujours dans la cuisine. Elle est debout, dos au mur, pointant son index vers une chaise vide, et supplie de partir une vieille femme que Lisbeth ne voit pas.

Isak

Il faisait si froid dans la maison de Lennart que nous n'y sommes restées que jusqu'au début de l'après-midi. J'ai emporté la malle et tout ce que j'ai pu trouver qui ressemble de près ou de loin à du papier : je serai mieux à la maison pour faire le tri.

Pour le moment, je m'accorde une après-midi, seule, à Falun. Il y a quelques boutiques, dans le centre-ville, où je fais un passage obligé à chacun de mes séjours : Indiska, une marque de vêtements distribués seulement en Scandinavie, et dont l'inspiration indienne et les matières douces me plaisent beaucoup, la librairie principale où je fais à chaque fois le plein de littérature policière suédoise : Sjöwall & Wahlöö, Stieg Larsson, Henning Mankell, Åsa Larsson… Je préfère les lire en version originale. Il y a aussi deux magasins de chaussures où je trouve des modèles à mon pied. Je chausse grand – très grand – et j'arrive à trouver ici de vraies *chaussures de fille* avec deux ou trois pointures de plus qu'en France. Lorsque je fais les boutiques en juillet, les collections d'automne ne sont pas encore sorties. J'ai donc de nombreuses paires de sandales et de chaussures légères, mais je n'ai jamais rien de décent à me mettre en hiver. L'occasion est trop belle : je ressors avec deux paires de bottes, heureuse comme une gamine qui vient d'avoir un nouveau jouet.

Je m'installe au Bull-Dog Café, dans la rue Bergslagsgränd. En été, les tables sont sorties sur la jolie place arborée qui donne sur la rue commerçante principale de Falun. Une sculpture colorée représente un bouc, l'emblème de la ville de Falun : on raconte que le gisement de cuivre fut découvert grâce à un bouc égaré, qui revint les cornes teintées de rouge à force d'avoir gratté le sol. Plusieurs de ces sculptures, chacune décorée par un artiste local différent, sont disséminées dans la ville.

Aujourd'hui, je m'assois à l'intérieur. Je commande un grand café au lait dans une ambiance de pub anglais, et commence à lire les premières pages d'un des romans que j'ai acheté : *Les morts de la Saint-Jean*, d'Henning Mankell. Mon père me l'avait offert en français il y a quelques années, je le redécouvre en suédois. Je commande un autre café et je craque pour une pâtisserie : une boulette au chocolat et aux flocons d'avoine, spécialité locale. Les clients entrent et sortent, je suis plongée dans ma lecture.

« Emma ? Mais qu'est-ce que tu fais là ?! »

Un immense bonhomme, rouquin jusqu'aux cils, au sourire presque trop grand pour son visage, se tient devant moi : mon copain d'enfance, Isak. On se connaît depuis toujours, on s'est suivis en pointillés, avec quelques périodes plus ou moins longues de silence radio, mais on n'a jamais réellement rompu le contact. Il a grandi dans notre village. Je me lève pour l'embrasser.

« Il m'a semblé te reconnaître à travers la vitrine, alors je suis entré…

– Eh oui, c'est bien moi. Assied-toi, tu as le temps de prendre un café ? »

Isak vit à Stockholm depuis son divorce, mais vient souvent à Falun. Il y a gardé un chalet de vacances, au bord du lac Varpan. Il est journaliste, ce qui le laisse assez libre de ses mouvements. Son ex-femme vit ici avec leur fille. Il coince comme il peut ses longues jambes sous la table et commande une bière.

« Alors ? Comment se fait-il que tu sois ici à cette époque ? Quelqu'un est mort ? dit-il en riant.

– Tu ne crois pas si bien dire… Mon grand-père vient juste de mourir. Je suis ici avec ma mère, il y a pas mal de choses à régler, à trier… Alors une personne de plus n'est pas de trop. »

Je vois le pauvre Isak se décomposer, confus de sa plaisanterie, il bredouille des excuses, rougit, transpire… Le pauvre.

« Eh, ça va, c'est rien ! Je le connaissais à peine… Je te jure que ce n'est pas grave. Et toi, tu es là pour le travail ou pour voir ta fille ?

– Un peu des deux. Disons que j'ai quelques articles à rédiger, mais qu'à partir du moment où j'ai mon ordinateur portable avec moi et une connexion internet, que je sois ici ou ailleurs ne change pas grand-chose. Et ici, il y a ma fille. J'ai besoin d'être seul, au calme, pour écrire et la maison près du lac est parfaite pour ça. »

Comme je le comprends. Je ne connais pas sa maison mais je vois où elle se trouve. Il n'y a à cet endroit que des maisons en bois, rouges, avec des pontons de bois qui avancent sur le lac. J'aime l'odeur du bois des pontons en été. Ça sent le soleil, le poisson, le bois, la terre. Le bois, avec le temps, devient d'un gris de cendre et se patine jusqu'à devenir doux comme un velours. La surface est chaude sous le soleil et contraste avec la fraîcheur de l'eau. Y marcher pieds nus est d'une volupté presque indécente.

« Et toi, tu restes combien de temps ?

– Pas très longtemps. Encore deux ou trois jours, pas plus... Je suis montée en voiture, alors je peux partir quand je veux. J'ai ramené un gros tas de papiers de la maison de mon grand-père. J'ai promis à Maman de les trier, ensuite je rentrerai. Mais j'ai envie de faire durer un peu... J'aime vraiment être ici, tu sais.

– Je te reconnais bien là ! Dis-moi, tu crois qu'on pourrait dîner ensemble demain soir ? Ta mère te laisserait sortir ou elle va prévenir ton mari ? »

Je ris. Isak ne peut pas s'empêcher de faire le clown en toute circonstance. Quand nous étions adolescents, il était gentiment surnommé « Monsieur Vanne-à-deux-balles ».

« Bien sûr que je peux dîner avec toi. Et pour ce qui est de Guillaume, je le préviendrai moi-même. Tu sais qu'il t'aime bien. »

En fin d'après-midi, je reprends la route vers la maison. La route est vide, cela me change des embouteillages parisiens. Dieu que j'aime cette route. Elle est si calme et apaisante. Et pourtant si pleine de surprises, parfois. Un élan majestueux fait à peine un écart lorsque je roule à quelques mètres de lui. Je souris, seule dans ma voiture, et je me sens chez moi.

Maman est fatiguée, elle se couche tôt. Je reste seule, dîne sur le pouce de ce que je trouve dans le réfrigérateur : un œuf dur, une tomate, du fromage. Ça suffira pour ce soir.

La grande table de la salle à manger est parfaite pour m'occuper des papiers de Lennart. Je décide de procéder à un premier tri, et de faire plusieurs piles par thèmes. Je regarderai plus en détails ensuite. Je vais chercher la malle et pose son contenu sur la table : cela représente trois piles plutôt compactes d'environ trente centimètres chacune.

Lennart a entassé les documents qu'il souhaitait conserver sans logique apparente. Les factures suivent les courriers administratifs, les relevés bancaires d'il y a dix-huit ans précèdent des coupures d'articles littéraires encore plus anciennes et quelques notes manuscrites se glissent dans le tout. Il y a également des enveloppes en kraft au contenu inexploré depuis bien longtemps à en juger par l'état de sécheresse avancée de la gomme sur les rabats, quelques chemises cartonnées visiblement réutilisées autant de fois que le nombre des étiquettes qui y sont superposées. Les enveloppes et les chemises feront l'objet d'un second niveau de tri. Pour le moment, je me concentre sur le reste. Je passe la soirée à démêler les factures courantes des factures d'achat : ces dernières pourront être utiles si Maman souhaite vendre certains objets ou meubles.

Au bout de deux heures, la fatigue me gagne. J'abandonne momentanément mon tri et je sors fumer une cigarette. Le ciel est clair ce soir, la lune était pleine à mon arrivée et entre maintenant dans son dernier quartier. J'aime regarder le ciel la nuit. Ici, c'est toujours plus facile, il n'y a pas d'éclairage public. Je suis seule dehors, dans le noir. Le seul point lumineux visible, hormis ceux qui sont à des millions de kilomètres de moi, est celui, rouge, de ma cigarette. Le silence est total. L'air sent l'humidité, la forêt, le feu de bois.

Le froid me gagne, je rentre. Je pensais ne faire qu'une pause mais je n'ai plus le courage de continuer à trier. Je laisse tout en l'état sur la table, je continuerai demain. Je me couche avec un livre qui me tombe des mains et dors profondément en moins de vingt minutes.

Bons baisers de Mora

J'ai dormi jusqu'à dix heures. C'est un luxe que j'avais presque oublié depuis que Max et Eva sont nés. Maman est déjà levée. Elle est au téléphone avec Papa.

« Bonjour ! Tu me le passeras, après ? »

Elle me sourit en faisant oui de la tête. Je me dirige vers la cuisine. Il y a du café chaud et des petits pains à la cannelle. Ça sent bon. Dehors le ciel est intensément bleu, presque un bleu d'été. Hier encore les arbres du jardin étaient habillés de leurs feuilles d'automne, mais beaucoup sont tombées dans la nuit, alourdies par le premier gel.

« Tiens, je te passe Papa. »

Je discute quelques minutes avec mon père, de tout de rien, du temps, du froid, de la route qui a été longue et que je vais certainement reprendre dès demain. Il me dit qu'il viendra nous voir à la maison lorsque je serai rentrée.

Je déjeune, à la suédoise. Café et viennoiseries, mais aussi jambon, fromage, céréales et jus de fruits. Je n'aurai certainement pas besoin de remanger avant ce soir avec Isak. Maman vient s'assoir en face de moi.

« Maman, ça ne t'ennuies pas si je ne mange pas avec toi ce soir ?

– Heu… non ? Mais tu vas où ?

– J'ai rencontré Isak à Falun hier après-midi. Il m'a invitée à dîner ce soir.

– Isak… Isak le grand rouquin avec qui tu jouais quand tu étais petite ? Celui qui est journaliste maintenant ?

– Exactement, celui-là même ! réponds-je en souriant. »

Maman sourit aussi, puis son sourire s'efface. Un silence s'installe, Maman fixe mon assiette maintenant vide, mais je vois bien que son esprit est ailleurs. Je la comprends, ce n'est pas vraiment passionnant une assiette vide.

« Comment tu vas, Maman ?

– Ça va. Doucement. J'encaisse. J'ai eu du mal à dormir cette nuit. Je pensais… Je me disais que maintenant c'est moi l'ancêtre.

– L'ancêtre ?

– Oui, tu sais, l'ancêtre…L'ancien. La vieille. La plus vieille de ma lignée. Je n'ai plus de parents, c'est moi la mère. La grand-mère. Je ne suis plus la fille, l'enfant de personne. Dans certaines sociétés les anciens ont un rôle de mémoire. Mais moi je ne sais rien d'avant. Ou si peu. Lennart a tué la mémoire. Il m'a refusé cet héritage et je n'ai rien à transmettre.

– C'est une façon de voir les choses... assez triste et pessimiste je trouve. Je te comprends. Ça doit être très frustrant. Mais je crois aussi qu'on ne peut rien cacher ou oublier totalement. Il reste forcément des traces, même si elles ne sont pas évidentes au premier abord.

– Des traces ?

– Oui, tu sais... Une sorte *d'effet papillon*. Tout ce qui s'est passé avant, même si on n'en sait rien ou pas grand-chose, a des conséquences aujourd'hui. Je sais que tu te poses des questions sur ta mère. Moi aussi je m'en pose. Ça m'intrigue. J'aimerais savoir qui elle était. Mais j'ai déjà un quart de réponse. Et toi une moitié de réponse. Regarde-toi, regarde-moi. On vient d'elle. Est-ce que tu as déjà vu une photo d'elle ?

– Non. Enfin si, je crois. Quand j'étais petite j'avais trouvé à la maison une photo d'une femme avec un bébé dans les bras. J'ai supposé que c'était elle avec moi. Et puis Lennart a dû la ranger quelque part. Je ne l'ai plus jamais revue.

– Et tu ne lui as pas demandé si c'était elle ?

– Si, bien sûr. Je ne sais plus exactement ce qu'il m'a répondu. Certainement une de ses pirouettes. Il ne m'a pas dit que c'était elle, ni que ça ne l'était pas d'ailleurs, mais le bébé c'était bien moi.

– C'est dingue quand même. Je comprends qu'il ait été dévasté par sa disparition, mais de là à faire disparaître toute trace d'elle... Je trouve ça surprenant comme réaction. Ou alors il voulait effacer cette période, recommencer à zéro... Dans ce cas, c'était complètement raté parce qu'il a fait du sur-place toute sa vie, ensuite. Et s'il voulait éviter tout ce qui lui rappelait sa femme et réveillait sa peine, pourquoi il aurait gardé cette photo ?

– C'est justement ça qui m'a fait douter. Je suis presque certaine que c'était elle sur la photo, mais je n'arrive pas à en être sûre à cent pour cent. »

Le déjeuner terminé, je retourne à mon tri. J'ai bien avancé hier soir. Il n'y a finalement pas grand-chose d'intéressant dans ce que j'ai déjà trié. Je commence à regarder dans les enveloppes et les chemises. Une grosse chemise cartonnée contient toute une vie de fiches de paie. Etre professeur d'université apporte probablement un peu de prestige, mais certainement pas la fortune. Lennart gagnait correctement sa vie, sans plus.

Une grosse enveloppe kraft bombée attire mon attention. Je l'ouvre délicatement, elle est déjà un peu déchirée. Je vide son contenu sur la table. Des photos de classe de maman, des photos d'identité de Lennart et de Maman à différents âges. Des cartes postales de vacances, de remerciements, des cartes de vœux. Les miennes y sont.

Je sens une boule gonfler dans ma gorge. Lennart paraissait ne rien avoir à faire de nous mais il a quand même conservé toutes nos cartes. Je ne sais pas exactement ce que je ressens : tristesse, compassion, pitié, déception, amertume ? Je les mets de côté. Peut-être que je vais les garder. En souvenir…

Et puis non, c'est idiot. Si je dois garder quelque chose de lui, je ne veux pas juste récupérer ce que je lui ai moi-même donné.

Je continue de lire les cartes postales. L'une d'elle a été postée de Mora.

12 octobre 1948

Aujourd'hui, nous avons fait une promenade le long du ruisseau. Elle a eu l'air d'aimer ça. Nous t'embrassons, à bientôt.

Elsy Ivarsson

Qui c'est, ça, Elsy Ivarsson ? Le ton n'est pas impersonnel comme sur les autres cartes. Il y a quelque chose d'intime. Et « Elle », c'est qui ? Lennart devait savoir parfaitement de qui il s'agissait puisque sa correspondante n'a même pas pris la peine de la nommer. Je fais un rapide calcul, sachant que Saga a disparu quand ma mère avait un an... Cette carte date de quatre mois après sa disparition.

« Maman ? »

Pas de réponse. Elle a dû sortir. Je regarde par la fenêtre et la vois revenir de la remise avec un panier de bûchettes pour le poêle. Je vais lui ouvrir la porte.

« Maman, est ce que le nom d'Elsy Ivarsson te dit quelque chose ?

– Non, jamais entendu. C'est qui ?

– Sur une carte postale. Regarde. »

Maman pose son panier à côté du poêle et prend la carte. Elle a l'air aussi surprise que moi.

« Regarde la date. Ta mère avait déjà disparu. Tu crois qu'il avait une copine ? Et « elle »... On dirait qu'elle parle d'une enfant.

– Une copine ? Non, je n'y crois pas. Je n'arrive pas à l'imaginer. Je ne l'ai jamais vu avec personne... En fait, je ne sais pas. D'un autre côté j'ai du mal à croire qu'il soit resté seul toutes ces années, sans même une aventure. C'est humain.

– Tu crois que je devrais poser la question à Lisbeth ? Je pensais passer la voir cet après-midi. Je repars demain. Je voulais lui dire au revoir.

– Demain ?

– Oui. J'essaierai de revenir pour l'enterrement. Ça dépendra du boulot. Je ne sais pas encore si ça sera possible. Mais j'aimerais bien. Et toi ? Tu restes ?

– Oui. Papa viendra pour l'enterrement aussi. Et on rentrera ensemble à Paris après. Et oui, tu devrais demander à Lisbeth. »

* * *

Le chalet d'Isak est exactement comme je l'avais imaginé. Chaleureux et fantasque, à l'image de son propriétaire. La maison en rondins n'a que deux pièces. Une toute petite chambre et une pièce principale, avec une cuisine à l'américaine ; un grand canapé en velours côtelé, qui doit bien avoir trente ans, disparaît sous une montagne de coussins dépareillés. La table est bancale, les rideaux sont jaunis, les tapis en lirette qui recouvrent le plancher sont passablement usés, mais l'ensemble est agréable et accueillant.

« Ce n'est pas un modèle de décoration intérieure, je sais, dit Isak en riant. Les anciens propriétaires ont laissé quelques meubles et je m'en suis arrangé. J'ai seulement changé la literie et fait refaire la cuisine. Quand j'ai acheté la maison, il n'y avait qu'une grande cuisinière à bois. La plaque de fonte à l'arrière était fendue. La première fois que je l'ai allumée, toute la pièce s'est enfumée.

– Tu viens souvent ici ?

– Dès que je peux. Au moins un week-end par mois. Parfois je reste une semaine... Ça dépend de ce sur quoi je travaille.

– Et en ce moment, sur quoi tu travailles ?

– Une série d'articles sur des événements historiques, même mineurs, locaux. L'idée, c'est de raconter l'histoire à travers les yeux d'inconnus, témoins malgré eux de quelque chose. La petite histoire dans la grande histoire.

– Mais ce sont de vrais inconnus, ou des personnages que tu inventes ?

– Un peu des deux. Je trouve ce que je peux et je brode. Je récupère un nom de témoin, je cherche à l'état civil qui il ou elle était, s'il était marié, s'il avait des enfants, son âge, son métier... Et j'invente ce que je ne trouve pas.

Parfois j'invente tout. Le but est d'avoir un point de vue différent de celui journalistique habituel, quelque chose de plus impliqué et en même temps de complètement vierge.

– Quel genre d'évènements ?

– Tout ce qui a pu avoir une influence sur la vie d'un village. Par exemple un incendie, la construction d'un bâtiment public, un crime, un accident, ce genre de chose. Donc je passe pas mal de temps à farfouiller dans les archives. Il y a beaucoup d'informations accessibles sur internet. Je peux le faire d'ici. Toi aussi, tu connais bien les archives, hein ? Me dit-il avec un clin d'œil.

– Oh oui ! Mais en France seulement. Chaque pays a son propre système… Autant je suis capable de trouver à peu près tout ce que je veux en France, autant ici, je serais certainement perdue. Ça nous arrive parfois de faire des recherches généalogiques qui nous emmènent à l'étranger, dans ce cas on s'adresse à des confrères sur place. A charge de revanche. »

Isak est plutôt bon cuisiner. J'ai droit à un gratin aux oignons et une salade grecque. J'ai apporté une bouteille de Merlot, achetée au Systembolaget[4] à Falun, en venant. Le fait

---

[4] Magasin d'alcool d'état.

d'être française fait toujours de moi l'experte désignée dans le choix du vin, ici. Je ne suis pas sûre d'être à la hauteur, mais comme j'aime bien le Merlot rouge, et que j'ai l'impression que ça va à peu près avec tout, c'est ce que j'ai choisi. De toute façon, je n'en boirai que quelques gorgées, je rentre en voiture et en Suède la tolérance à l'alcoolémie au volant est au zéro absolu. Je ne devrais pas en boire une seule goutte, mais je prends le risque : un demi verre de vin « juste pour le goût » ne fera pas de moi un chauffard.

Nous sortons fumer sur le ponton. C'est un ponton en bois flottant, qui grince lorsque nous marchons dessus. Chacun de nos pas provoque un léger balancement auquel répond le clapotis de l'eau. L'air est calme et glacial. L'eau du lac est un miroir parfait, dans lequel se reflète la lune qui était pleine il y a seulement trois nuits.

« J'ai rêvé d'un moment comme ça pendant longtemps, dit soudain Isak.

– Comment ça ?

– Quand j'avais quatorze ans j'étais amoureux de toi. Je n'ai jamais osé te le dire à l'époque.

Je souris.

– Mais ne t'inquiète pas, c'est passé maintenant ! dit Isak en riant.

– Je crois que je m'en suis doutée, j'étais flattée, et peut-être même que c'était un peu réciproque. Mais moi non plus je n'aurais jamais osé quoi que ce soit.

– Qu'est-ce qu'on est con quand on est ado ! Si ça se trouve on aurait pu être mariés, on aurait huit gosses…

– T'emballe pas, hein. Sept, ça suffit. »

Isak rit, et l'écho de son rire nous revient des collines, de l'autre côté du lac.

« Isak… Je peux te demander quelque chose ?

– Bien sûr, tout ce que tu veux. »

Je lui parle de ma grand-mère disparue. De la carte postale. De Lisbeth que je suis allée embrasser cet après-midi et qui ne savait rien.

« La carte était signée d'une certaine Elsy Ivarsson. Tout ce que je sais d'elle est qu'elle vivait à Mora, ou dans les environs, en 1948. Est-ce que tu penses que tu pourrais trouver des informations sur elle ?

– Je ne te promets rien mais je peux essayer. Je regarderai sur les tables de recensement. Si je trouve quelque chose je t'appelle. »

J'ai quitté Isak vers vingt-deux heures trente, suffisamment tôt pour m'assurer une bonne nuit de sommeil avant la route que je reprends demain. Maman n'était pas encore couchée. Nous avons bu un thé ensemble. Je lui ai dit que Lisbeth ne savait rien à propos d'Elsy Ivarsson, et qu'Isak allait nous apporter son aide, s'il le pouvait.

« Bien, a dit Maman. J'y ai pensé toute la journée, j'ai imaginé plein de scénarios, il n'y a rien qui me paraisse vraisemblable. J'ai vraiment envie de savoir, du coup. J'espère qu'Isak trouvera quelque chose… Tu devrais aller te coucher, tu as une longue journée demain.

– Oui Maman, dis-je en prenant une voix de toute petite fille obéissante. »

Maman rit. Enfin je la retrouve, ça fait du bien.

Paris

Paris est gris et triste. Paris-novembre, froid et pluvieux, encore trop loin de Noël et de ses lumières pour que cette froidure ne me soit acceptable. Lorsque j'étais plus jeune, j'aimais Paris en toute saison. Mon quartier Mouffetard était un village, avec ses figures pittoresques comme ce vieux Monsieur à la barbe de Père-Noël qui ne sortait jamais sans son drôle d'uniforme et qu'on appelait le garde champêtre. Je me suis longtemps demandé quels champs il gardait... Il y avait les clodos de la place de la Contrescarpe qui sentaient la vinasse à trois mètres ; aujourd'hui ils ont émigré ailleurs et ont été remplacés par une jolie fontaine. Quand j'avais dix-huit ans, la rue Mouffetard était une colonie grecque. Il y avait un restaurant où je passais mes soirées, le *Gratte-Pied*, dont le nom me coupait l'appétit ; il s'y trouvait un piano sur lequel le propriétaire, Yannis, me laissait jouer contre un verre toujours plein et les pourboires de ses clients. Un jour il est parti en Grèce et n'en est jamais revenu. On m'a dit qu'il avait perdu son restaurant au poker, et qu'il avait ajouté à cette perte sa femme et sa raison.

Le *Roi du café* faisait l'angle avec la rue du Pot de Fer. J'y ai été lycéenne, musicienne, groupie, amoureuse, dragueuse, malheureuse, saoule, conquérante, vivante. J'ai pleuré quand j'ai appris qu'il avait été vendu quelques années plus tard. Si j'avais la possibilité de retourner en arrière pour quelques heures et revivre mon adolescence, c'est là que je choisirais d'aller, sans hésiter.

Un peu plus jeune encore, mon quotidien se partageait entre deux univers : Paris, couleur pierre-béton-sable, qui sent la pisse et le graillon, mais qui curieusement sent si bon, avec le bruit des marteaux piqueurs que mon esprit d'enfant a associé pour l'éternité à la chaleur de l'été et au goût du chocolat, la gouaille des commerçants de la rue Mouffetard et le parquet de l'appartement qui grince, et la maison de Mémé à Ivry-sur Seine, vert-jaune-chaud-lumineux, dont le jardin donnait sur le fort d'Ivry, avec mon oncle Daniel qui me réveillait la nuit pour aller voir dans le jardin les vers luisants, la maison de Mémé sans salle de bain, avec ses toilettes tellement anciennes qu'il fallait y verser l'eau avec un broc lorsqu'on tirait la chasse, la maison de Mémé qui sentait les vieux livres, le bouillon de poule et les géraniums.

Ce Paris-là n'existe plus. Les attraits que je lui trouvais autrefois ne compensent plus les désagréments qu'il y a à vivre en ville. Trop de monde, trop de sollicitations sensorielles, impossible de s'isoler. Pas assez de verdure. Je crois que ce qui me pèse le plus c'est que l'œil soit toujours arrêté dans sa quête d'horizon : on ne peut jamais regarder loin, et le plus loin que l'on regarde est toujours construit. J'ai besoin de grands espaces, de champs, de ciel ouvert.

* * *

Ma vie reprend son cours habituel.

J'ai retrouvé Guillaume et les enfants, mon travail et mes dossiers de recherches généalogiques, notre appartement trop petit, mes menus japonais du déjeuner pris en immuable tête-à-tête avec ma lecture du moment.

Les obsèques de Lennart sont fixées au 14 novembre. Cette-fois-ci, je laisserai ma voiture à Paris et je prendrai l'avion la veille, un mercredi, pour revenir, en avion toujours, le dimanche. Il me faudra louer une voiture à l'aéroport : j'aurai tout de même plus de deux cents kilomètres de conduite solitaire. J'aime bien les voitures de location, toujours propres, souvent neuves ou presque, elles sont la plupart du temps bien plus confortables que celle qui m'accompagne depuis déjà sept ans.

Fidèle à sa promesse, Papa est venu dîner avec nous. Il est arrivé tôt, comme toujours, pour avoir le temps de profiter de ses petits enfants avant que le sommeil ne les lui reprenne. La soirée a été douce, simple, évidente. Guillaume nous a préparé une de ses inventions, toujours inattendues et plutôt dans la gamme sucrée-salée… Le genre de plat que l'on trouve délicieux tant qu'on n'en connaît pas les ingrédients : je garde un souvenir étonné d'une merveilleuse vinaigrette à la confiture de baies polaires.

Pendant que j'étais encore en Suède, Guillaume est allé visiter la maison dont l'annonce nous avait plu. Nous y retournons ensemble et je tombe amoureuse au premier regard. Alors que je m'enthousiasme, Guillaume m'avoue qu'il a eu la même réaction mais m'en a volontairement peu dit pour ne pas m'influencer.

C'est une maison du milieu du dix-neuvième siècle, toute en pierre. Les murs sont recouverts de vigne vierge, le toit de tuiles rouges et le sol de tomettes. C'est une maison toute en poutres en en voûtes, avec de très grandes pièces dans lesquelles on entre par des portes si basses que l'on doit se pencher pour ne pas se cogner la tête. C'est surprenant d'ailleurs, j'y vois presque un signe car c'est un rêve récurrent qui m'accompagne depuis l'adolescence : je suis dans une maison que je ne connais pas mais que je sais être la mienne, et je découvre des pièces immenses en rampant dans des ouvertures par lesquelles seul un enfant de deux ans pourrait passer debout.

Le jardin est clos, ceint de hautes haies de lierre si compactes qu'il est impossible de voir au travers. J'aime cette intimité. Un prunier fait un peu d'ombre, et la menthe envahit plusieurs endroits dispersés. Le propriétaire actuel a entretenu un petit potager. Il est sympathique, triste de devoir quitter cette maison où il a passé tous ses week-ends depuis plus de trente ans. Nous repartons avec une belle citrouille : Halloween est dans quelques jours, les enfants seront ravis ! Le village est essentiellement viticole, les vignes descendent jusque dans les jardins. Le champagne est partout.

Totalement sous le charme, nous rappelons l'agent immobilier à peine trois heures après avoir terminé la visite. Ce sera oui, nous avons été les premiers acheteurs à nous manifester. Je suis sur un nuage. Mon rêve devient enfin réalité, je vais avoir *ma* maison et *mon* jardin !

Est-ce une décision impulsive ? Assurément. Tant pis. On verra bien. Il y a des travaux à faire, la maison a toujours été une maison de vacances et nous devrons l'aménager pour qu'elle soit habitable tout au long de l'année. Il nous faudra aussi faire d'autres ajustements : elle est à une centaine de kilomètres de Paris, Guillaume et moi devrons réviser nos emplois du temps respectifs. Pour ma part, cela ne devrait pas poser problème : mon métier demande une grande part de recherches, de compilation d'informations ou d'étude de documents, tâches que je peux aisément faire chez moi. Une ou deux journées par semaine à l'étude de Paris seront suffisantes, et je travaille depuis assez longtemps avec Jacques pour être quasiment certaine qu'il sera d'accord.

21 juin 1948

Midsommar à nouveau.

Lennart et Saga sont rentrés tôt. Dehors, la fête bat son plein. Lisbeth danse avec Stig sans penser à demain, sans penser à Saga qui dépérit et dont elle n'aura bientôt plus la force de s'occuper, sans penser à la petite Ester qu'elle aime comme sa propre fille.

Lennart aide Saga à retirer son Leksandsdräkt. Bien qu'un peu amaigrie, elle est aussi belle qu'au premier jour. Lennart est toujours fou d'elle.

« Lennart…

– Oui, ma chérie.

– Lennart, on ne peut plus continuer comme ça. Je dois partir.

– Partir ? Mais où voudrais-tu aller ?

– Je vois bien que Lisbeth n'en peut plus. Elle est mariée avec Stig maintenant, elle ne peut pas passer tout son temps avec moi… Elle doit s'occuper de sa propre famille. Alors il faut que je parte.

– *Mais où ? Tu as dit que tu ne voulais pas aller à l'hôpital...*

– *Et je ne veux toujours pas y aller. Je sais bien que si j'y vais je n'en ressortirai plus, et ça arrivera forcément un jour. J'aimerais juste que ce soit le plus tard possible. Et il y a autre chose, Lennart. Je suis enceinte. Je ne veux pas que cet enfant naisse dans un hôpital psychiatrique.*

– *Tu es enceinte ? Mais... Déjà Ester... Comment... ?*

– *Qu'est-ce que tu crois ? Que ma maladie allait me rendre stérile ? Non, non, non, Lennart. Quand on fait l'amour, ça donne parfois des enfants. Je sais que je ne pourrais pas plus m'occuper de lui que d'Ester. Pauvre chérie, elle est tellement mignonne. Je l'aime si fort... Mais elle pense que c'est Lisbeth, sa mère, et c'est certainement mieux comme ça.*

– *On trouvera une solution, Saga.*

– *Non, Lennart. Tu dis toujours ça. On a besoin d'une solution maintenant.* »

Saga s'arrête de parler. Elle est totalement immobile. Lennart se demande si une crise est sur le point de surgir, mais après un long silence, Saga reprend :

« *J'ai pensé à Elsy. Elle s'est déjà occupée de moi quand j'ai perdu mes parents. Elle sera sûrement d'accord pour que je revienne m'installer chez elle pendant quelques mois, jusqu'à la naissance du bébé. Après... On verra.* ».

Partir

13 novembre. Je suis à l'aéroport de Roissy Charles de Gaulle et mon vol Scandinavian Airlines pour Stockholm est prévu à onze heures vingt. Je pars de Paris, et c'est certainement la dernière fois que je quitte la capitale en sachant que c'est le point de retour de mon voyage. Guillaume et moi avons signé pour la maison de Champagne et y serons chez nous dans trois ou quatre mois.

Je suis dans la salle d'embarquement et la plupart des voyageurs sont suédois : la Suède en novembre n'attire pas les touristes, mais Paris a toujours été une destination appréciée des scandinaves, quelle que soit l'époque de l'année. Je suis toujours en France mais j'ai l'impression que la Suède commence déjà ici. J'entends les conversations autour de moi en suédois, les jeunes enfants sont blonds au-delà du possible – leurs cheveux sont complètement blancs – et certains voyageurs attendent en lisant des livres ou des magazines suédois.

Je suis assise, j'attends comme eux, j'ai sur les genoux un livre sur lequel je ne parviens pas à me concentrer. Je voyage léger, mon livre est français, mon sac à main est français, mes vêtements sont français. Les suédois autour de moi doivent m'identifier comme étant française et n'imaginent pas une seule seconde que je puisse comprendre leur langue. J'écoute sans en avoir l'air ce qui se dit autour de moi et j'ai l'impression d'être invisible. J'aime cette sensation. J'espère presque que quelqu'un fera une réflexion en ne pensant pas être compris pour que je puisse rire de sa tête quand je répondrai dans un suédois parfait... Mais non, si je suis invisible c'est simplement parce que chacun est concentré sur son attente et se soucie peu des autres voyageurs.

Nous décollons à l'heure et le vol dure à peine deux heures et quinze minutes. Comme toujours les hôtesses sont particulièrement attentives aux jeunes passagers, des coloriages leurs sont proposés et ils reçoivent un petit jouet en plastique représentant un avion de la compagnie. J'ai le souvenir de quelques vols assez pénibles parce que mes enfants ne tenaient pas en place, et je me pose maintenant la question : les hôtesses font-elles cela pour être agréables aux enfants ou pour les occuper et préserver ainsi la tranquillité des autres passagers ? Certainement un peu des deux. J'apprécie aujourd'hui de ne pas avoir la responsabilité de garder mes enfants calmes, je ne laisse pas une miette de mon plateau-repas et me plonge dans la lecture jusqu'à l'atterrissage : un luxe.

J'ai réservé une voiture chez Hertz, elle m'attend à l'arrivée. J'ai choisi un modèle d'entrée de gamme : c'est largement suffisant pour le peu de temps que je resterai en Suède. Je présente mon voucher et ma pièce d'identité au guichet, et comme à chaque fois l'employé s'adresse à moi en anglais. Leur expression incrédule quand je leur réponds en suédois m'amuse.

J'ai un peu moins de quatre heures de route en comptant les pauses. Il est quatorze heures trente et il reste à peine une heure et demie de jour : je prends la route sans tarder. L'itinéraire n'est pas le même que lors de mon dernier voyage, j'arrivais par le sud-ouest ; aujourd'hui Arlanda, l'aéroport principal de Stockholm, est à deux-cent vingt kilomètres au sud-est de ma destination.

Ma route suit celle du chemin de fer, j'ai souvent pris le train sur cette ligne. A chaque ville que je traverse, je me rappelle de la voix du conducteur qui annonce le prochain arrêt : « *Nästa Sala !* », « *Nästa Avesta-Krylbo !* », et alors que je ralentis mon allure aux abords de chaque agglomération, je peux entendre résonner le crissement aigu des freins du train et sentir son odeur métallique.

Je viens de passer Falun et comme à chaque fois, je sens un apaisement quasi magique m'envahir. Il fait nuit noire maintenant, mais la circulation est si faible que je peux rouler pratiquement tout le temps en plein phares : je reconnais *ma* forêt et *mes* pierres malgré le fin voile blanc qui les recouvre. Glenn Gould joue le *Clavecin Bien Tempéré* et j'ai mauvaise conscience de me sentir aussi bien : j'avais presque oublié que je ne suis ici que pour enterrer mon grand-père.

Il est un peu plus de vingt heures lorsque je m'engage dans l'allée de la maison de mes parents. Papa m'accueille, tout sourire, sous le porche. Maman est dans la cuisine, le dîner n'attendait plus que mon arrivée. La chaleur du poêle en faïence, les odeurs familières, la lumière particulière m'enve-loppent subitement comme un châle et je me sens comme un petit enfant qui vient de retrouver son doudou. Je suis chez moi.

Adieu Lennart

Lorsque nous arrivons à l'église, Stina et sa mère sont déjà sur place. Stina est allée chercher Lisbeth ce matin à *Klockargården*. Le cercueil a été déposé devant l'autel et me paraît tout petit : j'ai du mal à imaginer que le corps de Lennart, qui mesurait plus d'un mètre quatre-vingts, puisse y tenir. Il y a peu de monde, une quinzaine de personnes tout au plus, essentiellement des voisins. Lennart était vraiment un solitaire.

La cérémonie est courte et sobre, quelques froids rayons de soleil jouent avec les vitraux colorés de la petite église en bois et allument, au gré des nuages qui passent, des points aléatoires sur les murs blancs de la nef. L'assistance chante un psaume, faux d'ailleurs, mais l'orgue puissant couvre presque leur voix. Il fait froid, ça sent Noël, je suis ailleurs.

Je suis tirée de ma rêverie par la conscience d'un mouvement du groupe. Six porteurs ont soulevé le cercueil et se dirigent lentement vers l'extérieur. Nous les suivons en cortège vers le cimetière attenant à l'église.

La tombe est ouverte, c'est un trou parfaitement rectangulaire dans la pelouse à peine enneigée, bien aligné dans la rangée des stèles et des croix. Cette perfection, cette symétrie, cet ordre me paraissent tout d'un coup incongrus et je pense au fouillis que nous avions trouvé dans les tiroirs de Lennart. Je pense à ce qu'il a vécu et n'a pas vécu, par choix ou par manque de courage, à ce qu'aurait pu être sa vie, je me demande s'il lui est arrivé d'être heureux, ne serait-ce qu'un court moment, quand Saga n'était plus là. Les porteurs descendent maintenant précautionneusement le cercueil dans la tombe avec des cordes. L'un d'eux relâche un peu sa traction et le cercueil s'incline, tête en bas. Je ne peux m'empêcher de pousser un petit cri d'inquiétude que je ravale, honteuse et m'attentant à quelque regard désapprobateur, mais personne n'a réagi. J'imagine le corps de Lennart, dans le cercueil, qui glisse et se cogne la tête contre la paroi.

Il y a du capiton ou pas ? Qu'est-ce que c'est, exactement la rigor mortis ? Est-ce qu'il peut se casser ?

Une émotion brutale et inattendue me submerge tout d'un coup, mes larmes coulent toutes seules. Qu'est-ce qui est le plus triste ? Perdre un être cher, qu'on a aimé et qui nous manquera, ou perdre un inconnu, un étranger, et garder à jamais le regret de n'avoir rien partagé ? Tout se dilue autour de moi, je ne vois plus rien ni personne. L'image du corps de Lennart, secoué, malmené dans cette dernière descente m'obsède et m'est insupportable.

Mes yeux me brûlent, le froid mord cruellement mes joues mouillées. Papa attrape mon bras et me ramène doucement à la voiture. C'est terminé.

98

En famille

Nous nous retrouvons chez Stina qui avait préparé à l'avance quelques boissons et gâteaux à l'attention des cinq ou six voisins et amis qui ont fait le déplacement. Une heure après notre arrivée, il ne reste plus que nous : Stina, Papa, Maman, Lisbeth et moi.

Nous sommes dans le jardin d'hiver, c'est le milieu de l'après-midi et le crépuscule est là. Lisbeth et Stina sont assises côte-à-côte, sur le sofa, et Lisbeth a passé un bras autour des épaules de sa fille. Le geste est tendre, mais me donne plutôt l'impression qu'elle s'agrippe désespérément à elle.

« Allez, c'est vraiment fini maintenant. Stina, tu n'aurais pas quelque chose de plus fort que le thé ? L'alcool est interdit à *Klockargården* et là, j'ai vraiment besoin de me réchauffer. »

Lisbeth la libère de son étreinte et Stina revient quelques instants plus tard avec une bouteille de porto et cinq petits verres sur un plateau.

« Voilà, dit Lisbeth. C'est exactement ce dont j'avais envie. Et je suis sûre que toi aussi, Stina. »

Cette dernière petite phrase de Lisbeth m'interpelle. Elle sait forcément que sa fille a un problème avec l'alcool, alors pourquoi cette remarque ? Est-ce une façon maladroite de pointer sur le sujet ? Ou bien est-ce qu'elle avait simplement, comme elle l'a dit, envie de boire un verre et de trinquer avec sa fille à la mémoire de Lennart, et de faire pour une fois abstraction du fait que l'alcool puisse être un problème ?

En tout cas, Stina ne répond pas. Impassible, elle remplit les verres, en prend un qu'elle donne à sa mère puis se rassoit. Papa, Maman et moi nous regardons en silence, puis comme un seul homme, nous nous penchons vers la table basse et attrapons chacun un verre. Stina prend le verre restant alors que Lisbeth a déjà commencé à vider le sien.

« Dieu que c'est bon ! dit-elle le nez dans son verre, ça faisait longtemps... Puisque c'est la seule occasion, il faudrait que j'aille à un enterrement par semaine ! »

Un silence gêné, Lisbeth relève la tête, nous regarde, vide cul-sec ce qui reste dans son verre, puis fond brutalement en larmes. Stina la serre dans ses bras et lui dit « ça va aller » en nous regardant d'un air qui dit le contraire.

« Ester, viens m'embrasser aussi, dit Lisbeth entre deux reniflements. Vous êtes mes filles. Même si toi, Ester... »

Maman se lève et vient serrer Lisbeth dans ses bras.

« Oui, Lisbeth, je sais. Tu es ce qui se rapproche le plus d'une mère pour moi. Merci de toujours avoir été là. »

Lisbeth se dégage doucement des bras de Stina et de Maman, sort un mouchoir et tamponne ses yeux.

« Ça n'était pas difficile. Tu étais si mignonne. Et tu n'avais pas de maman. Et Lennart... Lennart ne s'occupait pas de toi. Enfin, il subvenait à tes besoins, mais tu ne l'intéressais pas. »

Elle s'arrête un moment, semble réfléchir, puis reprend :

« J'aurais bien aimé avoir d'autres enfants. Quand vous étiez petites, vous jouiez si bien ensemble... J'aimais tellement votre présence à toutes les deux. Je me dis que ça aurait été formidable d'avoir un garçon, aussi... peut-être.

— Pourquoi tu n'en as pas eu d'autres ? Demandé-je, Stig ne voulait pas ?

– Oh si, au contraire. Il aurait adoré. Mais on ne pouvait plus. La naissance de Stina a été très difficile. Ça ne s'est pas passé comme ça aurait dû. Et après, on m'a dit que je ne pourrai plus jamais avoir d'enfants. »

Je sens qu'elle a envie de parler. J'imagine sa déception, moi qui ai deux beaux enfants, et n'ai pas encore définitivement abandonné l'idée d'un troisième.

« Tu veux encore un peu de porto, Lisbeth ? Profites-en, ce n'est pas toi qui conduit ce soir, dis-je en lui faisant un clin d'œil complice. »

Lisbeth fais oui de la tête et je la ressers.

« Qu'est-ce qui s'est passé à la naissance de Stina ?

– Elle est née un peu trop tôt. Elle n'était pas prête et moi non plus. C'était en plein hiver, il y a eu une tempête de neige au moment où ça s'est mis en route il n'était pas question de sortir. Nous avons prévenu les secours, mais le temps qu'ils arrivent, Stina était déjà née. Ils nous ont emmenées à l'hôpital, je crois qu'on y est resté plus de trois semaines... Je ne me souviens plus de tout, mais je sais que j'ai eu une infection et Stina ne grossissait pas assez vite... Ça a été très dur.

– Heureusement que je ne m'en souviens pas », dit Stina en souriant à sa mère. Elle déguste son porto à toutes petites gorgées, visiblement soucieuse de ne pas relancer l'attention sur le sujet de l'alcool.

16 octobre 1948

La maison d'Elsy est décentrée et isolée, mais fait toutefois partie du village de Selja, à quatre kilomètres de Mora. C'est une grande et belle maison en bois rouge, avec plusieurs dépendances qui hébergeaient encore des chevaux il y a quelques années.

Saga est revenue dans la maison de son adolescence ; Lennart, devant sa détermination, n'a eu d'autre choix que d'accepter de la laisser partir. Il vient toutefois la voir chaque semaine, la distance entre Risholn et Selja est d'à peine soixante kilomètres qui sont facilement parcourus grâce à la Volvo PV-658 qu'il a achetée d'occasion juste avant leur mariage. L'ancien propriétaire de la Volvo s'en était lassé, déçu de n'avoir pu l'utiliser pendant les récentes années de guerre : les pneus et les rayons de toutes les PV-658 avaient été réquisitionnés car ils convenaient parfaitement aux véhicules militaires, et la Volvo était restée au garage, sur cales, pendant près de quatre ans.

Le jardin d'Elsy est une douce pente herbue, plantée de pommiers, qui descend jusqu'à un ruisseau d'eau glaciale et claire. Pratiquement asséché en été, aujourd'hui il glougloute gracieusement dans le soleil d'automne. Ses abords sont le terrain de jeu favori de la petite fille d'Elsy qui passe de longs moments à y jeter des cailloux ou à y faire flotter des feuilles chargées de divers petits passagers végétaux. La petite Kerstin est venue avec sa mère la semaine passée, mais elles sont partis trop vite, comme toujours depuis que Saga est là. Saga a besoin de calme, et le moindre accroc, si joyeux soit-il, dans la routine sécurisante qu'Elsy a établi pour elle provoque presque immanquablement une nouvelle crise.

Elsy et Saga marchent un petit moment le long du ruisseau et s'arrêtent devant deux grandes souches de sapins qu'Elsy inspecte attentivement, à cause des fourmis, avant d'inviter Saga à s'y asseoir un moment. Saga entame son septième mois de grossesse et se fatigue de plus en plus vite, maintenant.

« Tout à l'heure, en rentrant, nous pourrions écrire une carte postale à Lennart, qu'en penses-tu ? Demande Elsy à Saga.

– Pour quoi faire ? Il vient après-demain.

– Parce que c'est toujours agréable de recevoir une carte, on peut la garder, la relire.

– Peut-être. Si tu veux.

— *Au fait, tu te souviens que Lisbeth attend, elle aussi, un bébé ?*

— *Il est né ? Ça y est ?*

— *Mais non, Saga, dit Elsy avec un rire affectueux, son bébé ne naîtra qu'après le tien. Un peu plus d'un mois et demi après, je crois. En février. Je me demandais seulement si tu t'en souvenais. Ça fait longtemps que vous ne vous êtes pas vues. La dernière fois c'était à peine visible. »*

Saga ne répond pas. Elle regarde fixement l'autre berge du ruisseau. D'un seul coup, elle se lève en essuyant frénétiquement son manteau avec sa main, puis se dirige, en courant plus qu'en marchant, vers la maison.

« Qu'est-ce qui se passe, Saga ? demande Elsy et essayant de la suivre. Elle aussi se fatigue vite, à cause de son embonpoint, et aussi de la vieillesse qui commence à prendre ses aises.

— *Je veux rentrer maintenant ! La vieille tape dans l'eau avec son bâton. Elle m'éclabousse.*

— *Saga...*

— *Dépêche-toi, Elsy ! dit Saga au bord des larmes, Tu ne l'entends pas m'insulter ? Fais-la taire... S'il te plaît... »*

Elsy est parvenue à la hauteur de Saga et lui prend le bras. Elles marchent rapidement côte-à-côte jusqu'à la maison. Saga sanglote maintenant.

Une bonne heure après, Saga est enfin calmée. Elle s'est endormie sur le sofa. Elsy s'installe confortablement à son bureau, pose sa tasse de thé à sa droite, sort une carte postale vierge représentant une vue de Mora en été, et commence à écrire.

Une journée d'hiver

Deux jours pleins. J'ai deux jours pleins de vacances avant de rentrer à Paris. Deux jours pour profiter de l'air froid et de la forêt qui blanchit de plus en plus. Le ciel est gris ce matin, et quelques minuscules flocons estompent la campagne dans un brouillard cotonneux. Maman et moi sommes à la maison de Lennart, pour une courte visite, sans véritable raison, sauf peut-être de clore le chapitre, de valider la fin de Lennart par une sorte de pèlerinage là où il a toujours vécu.

La maison est bien différente de la dernière fois où j'y suis allée. Les meubles ont été regroupés au rez-de-chaussée, sans souci d'harmonie. D'un côté ceux qui seront vendus aux enchères, et de l'autre ceux qui partiront au rebut. L'odeur de renfermé est toujours présente, bien que légèrement moins marquée : Maman a copieusement aéré.

La cuisine aussi est encombrée. La vaisselle et les ustensiles de cuisine ont été sortis des placards, les rideaux des fenêtres décrochés et posés en tas sur le plan de travail et la table. Je m'assois sur une des deux chaises – elles ont été laissées libres – et sors mon paquet de cigarettes.

« Je peux fumer ici, Maman ?

– Bien sûr. Tu n'as qu'à mettre tes cendres dans l'évier.

– Il y a de quoi faire du café ?

– Il reste un peu d'instantané.

– Ça ira très bien. »

Je dégage une petite casserole du bric-à-brac disposé sur la table et mets de l'eau à chauffer sur la cuisinière électrique.

« Tu en voudras aussi ?

– Oui, merci. Et après, on rentre. Il n'y a plus rien à faire ici. »

* * *

Pendant que nous roulons vers la maison, la sonnerie de mon portable me fait sursauter. Depuis que j'ai un téléphone portable, j'ai toujours choisi soigneusement mes sonneries, en affectant un ton particulier à chacun de mes contacts. J'ai suivi à ses débuts la mode des sonneries polyphoniques, avant de disposer enfin d'un choix quasiment illimité avec les fichiers mp3. Et puis je m'en suis lassée. Récemment, j'ai opté pour une sonnerie unique, un « dring » ultra classique, comme celle du téléphone à cadran de mon enfance.

Bien que la Suède soit plus tolérante que la France pour ce qui est de l'usage du téléphone au volant, je ne décroche pas : l'habitude. Ou plutôt le manque d'habitude. Je serais gênée par mon téléphone, et certainement bien plus dangereuse que quelqu'un qui a adapté ses réflexes à force de ne pas respecter la loi.

« Maman, tu veux bien attraper mon téléphone dans ma poche et me dire qui a appelé, s'il te plaît ? »

Maman farfouille, je me contorsionne, engoncée que je suis dans mon épaisse parka d'hiver, je tiraille maladroitement sur la ceinture pour lui faciliter l'accès. Nous rions toutes les deux.

« C'était Isak. Il sait que tu es ici ?

– Oui, je lui ai envoyé un mail la semaine dernière. Je le rappellerai en arrivant. Peut-être qu'il a trouvé quelque chose à propos d'Elsy Ivarsson ? »

11 janvier 1949

Peu après le départ de Saga pour Selja, Lennart a fait installer le téléphone, afin qu'Elsy puisse le joindre rapidement en cas d'urgence. Elsy n'a pas de téléphone chez elle, mais peut utiliser si nécessaire celui de son plus proche voisin, à cinq cent mètres.

L'appel qu'il espérait et craignait à la fois vient d'arriver : la naissance du bébé n'est plus qu'une question d'heures, une journée tout au plus. Il est onze heures du soir et Elsy lui a conseillé de prendre le temps de dormir un peu avant de partir. Lennart lui fait confiance. Il a l'habitude de s'éveiller tôt, vers six heures, et prendra la route sitôt son café avalé.

Pour le moment, il emmène la petite Ester endormie chez Lisbeth et Stig, qui y dispose déjà d'un berceau puisque c'est Lisbeth qui s'en occupe tant que son père travaille.

Stig ne dormait pas encore lorsque Lennart a frappé à la porte en bois, et il a compris tout de suite en voyant l'enfant emmitouflée dans ses bras.

« *Entre vite, Lennart, il fait froid. Lisbeth ! Viens voir qui est là !* »

Lisbeth apparaît, en haut de l'escalier. Sa robe de chambre est tendue sur son ventre, elle a changé la ceinture d'origine pour une autre, plus longue : elle ne parvenait plus à la nouer tellement sa grossesse est maintenant installée.

« *Lennart ! Ça y est ? Tu pars voir Saga ?*

— *Demain matin, tôt. Elsy vient de m'appeler. Ça se met en route, mais ça devrait encore prendre quelques heures. Il n'y a pas d'urgence.*

— *J'aimerais venir avec toi. Stig, tu pourrais t'occuper tout seul d'Ester ? Je pourrai certainement être utile, là-bas, et j'ai vraiment envie de voir Saga et le bébé...* »

Stig a fait oui de la tête. Ester commence à gémir et il la prend des bras de Lennart, la berce tout doucement tandis qu'elle s'apaise.

« *Tu vois, dit-il en souriant. J'y arriverai.* »

Lennart a l'air ennuyé. Ses yeux ne quittent pas le ventre de Lisbeth.

« *Bien sûr, ce serait bien que tu viennes, mais tu es sûre ?*

– Je suis enceinte, pas malade. Je suis en pleine forme. Et j'ai encore sept semaines devant moi. A quelle heure comptes-tu partir ?

–Vers six heures et demie, sept heures au plus tard, je pense.

– Je serai chez toi à six heures et demie. Ne pars pas sans moi. »

Kerstin

Isak est à Stockholm, nous ne nous verrons pas cette fois-ci. Il a toutefois pu trouver quelques informations sur Elsy car les archives, en Suède, sont pour la plupart numérisées et accessibles par internet : faciles à consulter, donc, sans même avoir à se déplacer.

En 1948, Elsy Ivarsson vivait à Selja, un petit village à l'est de Mora. Elle était déjà veuve à l'époque. Sa maison a ensuite été occupée par sa fille lorsqu'Elsy est décédée en 1961, puis c'est sa petite fille, Kerstin, qui en a hérité et l'habite depuis 1998. Kerstin a soixante-neuf ans. Isak m'a donné son numéro de téléphone et son adresse.

Je réprime l'envie de composer son numéro sitôt la communication avec Isak terminée.

« Maman ? »

Pas de réponse. J'entends de la musique dans le salon. Papa et Maman y sont tous les deux.

« Maman, je viens de parler à Isak. Il a trouvé quelque chose. »

Elle se tourne vers moi, fait un « Ah ? » interrogateur en levant les sourcils.

« Il m'a donné le nom et l'adresse de la petite fille d'Elsy. Elle s'appelle Kerstin et vit dans la même maison qu'Elsy à l'époque de la disparition de Saga.

Papa intervient :

– Tu l'as appelée ?

– Non, pas encore. Je ne sais pas trop comment présenter les choses... Il faut y réfléchir un peu avant, je pense. Elle va nous prendre pour des dingues ! Et puis je me dis que c'est peut-être plutôt à Maman de le faire...

– Tu as raison, dit Maman. Il vaut mieux que ce soit moi qui l'appelle. Je le ferai cet après-midi. »

* * *

A quelques centaines de mètres de la maison se trouve une petite plage aménagée au bord d'un lac. On y accède par une route en terre qui traverse la forêt, seuls ceux qui habitent à proximité en connaissent l'existence. C'est une plage de sable rouge, avec deux pontons en bois, une grande cabine, un barbecue sous un abri en rondins et un sauna. En été, nous y sommes avec les enfants dès que le temps le permet, et il arrive souvent que nous y soyons seuls. Aujourd'hui, j'ai eu envie de voir à quoi ressemblait le lac en hiver. Nous ne sommes qu'en novembre mais une neige fine a déjà saupoudré la campagne d'une dentelle délicate.

Papa m'accompagne, nous avons pris sa voiture. Il a toujours été sensible à la beauté du paysage suédois, il l'aimait déjà avant même de connaître ma mère. Comme Stig, il peut s'extasier devant une souche, et aime à passer seul de longues heures à marcher en forêt.

La plage est blanche, mais le lac n'a pas encore gelé. Seule une pellicule de glace très fine, telle une vitre, fige la surface le long de la berge. Nous faisons quelques pas sur le ponton et le balancement que nous provoquons suffit à briser la couche mince.

Papa plonge sa main dans sa poche et en ressort une grosse clé.

« Ça te dit ? dit-il avec un grand sourire.

– Le sauna ? Tu as la clé du sauna ? Réponds-je incrédule.

– J'ai amené des serviettes. Si tu en as envie... »

Bien sûr que j'en ai envie ! J'ai toujours adoré le sauna, mais je n'ai eu l'occasion de l'utiliser qu'en été. Un sauna dans la neige, ça ne se refuse pas !

Papa déverrouille la porte et entre allumer le poêle. Il nous faudra attendre une vingtaine de minutes avant que la température ne soit idéale. En attendant, j'allume une cigarette, je marche jusqu'au bout du ponton et j'écoute le silence. Tout est parfaitement calme. Papa me rejoint et mêle la fumée de son cigare à celle de ma cigarette.

« Ça va bientôt être prêt. Tu te changes en premier ? J'ai mis les serviettes dans la cabine. »

Nous nous retrouvons quelques minutes plus tard dans le sauna, pudiquement enroulés dans nos serviettes. Le thermomètre affiche soixante-treize degrés. Très vite, je commence à transpirer et une douce torpeur me gagne.

« Je te préviens, dit Papa, je suis trop vieux pour me rouler dans la neige. Je me doucherai à la maison. Mais si ça te tente, c'est l'occasion ou jamais. »

J'hésite, le choc thermique doit vraiment secouer. Mais c'est vrai, c'est l'occasion ou jamais. Je me motive, je vais faire ma courageuse.

« D'accord, mais tu prends une photo. Sinon, Guillaume ne me croira jamais !

– Sérieusement ? Je disais ça pour rire... Tu vas le faire ? »

Je sors d'un pas décidé du sauna, et récupère mon téléphone dans la cabine. Je le confie à Papa qui m'a suivie.

Je cours dans la neige jusqu'au lac, je sens la glace craquer sous mes pieds nus lorsque j'arrive à l'eau. Le froid est tellement mordant que je ne peux m'empêcher de crier. Je balance ma serviette sur le ponton, m'asperge d'eau glacée avec mes mains, toujours en criant, récupère ma serviette et retourne en courant me réchauffer dans le sauna. Le tout en moins de douze secondes.

Papa est écroulé de rire, mais il a quand même réussi à prendre une photo.

* * *

Il fait déjà nuit lorsque nous arrivons à la maison. Papa et moi nous douchons à tour de rôle puis rejoignons Maman qui nous attend dans la cuisine avec du café et des petits pains à la cannelle.

« Emma, tu as prévu quelque chose de particulier, demain ? me demande-t-elle.

– Non, pourquoi ?

– J'ai téléphoné à Kerstin, la petite fille d'Elsy Ivarsson. »

J'entends au son de sa voix que Maman est perturbée.

« Qu'est-ce qu'elle t'a dit ?

– C'était bizarre. Quand je me suis présentée, elle avait l'air de savoir qui j'étais. Comme si elle attendait mon appel. Elle a dit qu'elle avait quelque chose qui pourrait peut-être nous éclairer, et que si on voulait discuter ce serait mieux de nous rencontrer. J'y vais demain. Tu viens avec moi ?

– Oui, bien sûr... Mais elle ne t'en a pas dit plus que ça ?

– Non, c'est tout. Elle a insisté pour que je vienne la voir rapidement, elle a dit qu'elle voulait me montrer quelque chose.

– Et Stina, tu lui en as parlé ?

– Oui, elle aurait bien voulu venir aussi mais elle a promis d'aller voir Lisbeth demain. Elle m'a dit qu'elle passerait à la maison un peu plus tard, quand nous serons revenues. Elle voulait te dire au revoir, aussi. »

12 janvier 1949

Lennart arrête le moteur de la Volvo. Le trajet a été plus long que prévu car la visibilité était mauvaise à cause de la neige qui tombe maintenant depuis plusieurs heures et qui commence aussi à tenir sur la route. Il y a seulement quelques pas jusqu'à la porte de la maison d'Elsy, mais le sol est recouvert de quinze centimètres de neige ; il aide Lisbeth à sortir de la voiture, puis la soutient maladroitement alors que leurs pieds s'enfoncent dans la neige jusqu'aux chevilles. Il est près de neuf heures et le soleil se lève à peine.

Elsy les a entendu arriver, elle est déjà sur le pas de la porte.

« Lisbeth, Tu es venue aussi ! dit-elle avec un grand sourire en s'effaçant pour les laisser entrer.

– Ça faisait si longtemps... Saga et toi m'avez manqué ! »

Tandis que Lennart et Lisbeth se débarrassent de leurs manteaux et de leurs bottes, Elsy reprend :

« *Ça a été plus vite que je ne pensais... Tout s'est accéléré d'un coup et le bébé est né il y a un peu moins de deux heures. On s'est débrouillé, Saga a été courageuse. Je n'ai pas osé la laisser seule pour aller appeler la sage-femme. Maintenant que vous êtes là, je vais pouvoir la prévenir. Mais tout a l'air d'aller bien. C'est une petite fille !* »

Lennart et Lisbeth restent un moment sans voix, puis Lennart fait mine de se diriger vers la chambre de Saga.

« *Tu peux aller voir ta fille, Lennart, mais essaie de ne pas réveiller Saga. Elle vient de s'endormir et elle a vraiment besoin de repos. La nuit a été longue.* »

Tandis que Lennart monte l'escalier qui mène à l'étage, Elsy précède Lisbeth dans la cuisine, sort trois tasses et autant de petites cuillères, une boîte de sucre et les dispose sur la table à laquelle Lisbeth vient de s'asseoir. Le café est déjà prêt et Elsy emplit deux tasses avec la cafetière en cuivre.

« *Après le café j'irai chez le voisin téléphoner à la sage-femme. Elle regarde par la fenêtre puis ajoute : toute cette neige... Ça n'a pas l'air de vouloir s'arrêter. »*

Dehors tout est blanc. Les quinze centimètres de neige qu'il a fallu franchir un peu plus tôt ne représentent que ce qui est tombé dans la nuit, là où Elsy avait déjà déblayé avec une lourde pelle métallique il y a seulement quelques jours. Le ciel est blanc, les flocons qui tombent sont gros comme les nouvelles pièces de deux couronnes en argent.

« Et toi, Lisbeth, comment ça va ? Le bébé ?

– Bien. Je me sens ronde comme une poupée russe mais ça va. J'ai hâte de le tenir dans mes bras. Stig est impatient aussi. La chambre est pratiquement prête. Il a fabriqué lui-même un berceau en bois. Stig est vraiment doué, il est magnifique, ce berceau ! »

Elsy lui sourit. Elle vide sa tasse d'un trait, se lève, tapote affectueusement l'épaule de Lisbeth et dit :

« Bon, je devrais y aller avant qu'il y ait trop de neige pour sortir. Ce n'est pas loin, je serai sûrement de retour dans moins d'une heure. Ensuite j'essaierai de dormir un peu. Cette nuit m'a épuisée. »

Elsy enfile un long manteau doublé de peau de mouton, enroule une écharpe autour de sa tête et de son menton, puis remonte la capuche du manteau. On ne voit plus que ses yeux et le bout de son nez. De la cuisine, elle ouvre la petite porte en bois qui donne directement dans l'ancienne écurie. Autrefois, cet accès permettait, par mauvais temps, de nourrir les chevaux sans passer par l'extérieur. Aujourd'hui, c'est une remise dans laquelle s'accumule un bric-à-brac hétéroclite. Elsy y range ses skis, quelques outils de jardinage, du bois de chauffage. Il s'y trouve encore, entre autre, une vieille selle toute craquelée, un billot pour fendre les bûches, des fenêtres démontées et une machine à coudre à pédale rouillée.

Lisbeth la suit des yeux par la fenêtre tandis qu'elle chausse ses skis de fond puis disparaît dans l'hiver.

« Elsy est partie ? Lennart se tient à la porte de la cuisine. Il a l'air inquiet.

– Oui, elle est allée prévenir la sage-femme. Alors ? Tu as vu le bébé ? Tout va bien ?

– Elle est toute petite. Je n'ai pas le souvenir qu'Ester était si petite.

– Et Saga ?

– Elle dort. Mais son sommeil est agité. Je crois... Je crois que ça n'ira pas, quand elle se réveillera.

– Une crise, tu veux dire ?

– J'ai l'impression qu'elle est déjà en crise dans son sommeil. Elle gémit, elle marmonne, elle se débat...

– Laissons-la se reposer autant que possible. C'est mieux que de ne pas dormir du tout.

– Tu as certainement raison. Il reste du café ? »

* * *

Elsy est revenue avec des nouvelles un peu inquiétantes. Elle n'a pas pu joindre la sage-femme : les lignes téléphoniques ne fonctionnent pas à cause de la tempête de neige qui semble s'amplifier d'heure en heure. Les routes aussi sont coupées, la neige tombe plus vite que ne passe le chasse-neige, et le voisin a entendu à la radio qu'il neigerait probablement jusqu'à demain soir et qu'il ne fallait pas compter sur un déblaiement des routes avant le surlendemain. Ce n'est pas la première fois qu'Elsy se retrouve isolée pour un temps dans sa maison de Selja, les hivers sont parfois rudes en Dalécarlie, mais c'est la première fois que cela arrive alors que s'y trouvent un nouveau-né et surtout une jeune femme à la santé mentale perturbée.

Elsy en parlera plus tard avec Lennart, mais dès que Saga sera remise de son accouchement, il faudra qu'elle parte. Cela lui brise le cœur, mais elle n'a plus la force d'assumer cette responsabilité. Saga perd de plus en plus le contact avec la réalité, elle est dans son monde de rêves et d'hallucinations la plupart du temps maintenant. Il faudra bien que Lennart se résigne à la placer à l'hôpital, non pas qu'ils soient en mesure de la soigner, mais au moins ils pourront veiller sur elle.

Saga s'est éveillée vers deux heures de l'après-midi et est restée, ainsi que l'avait pressenti Lennart en la regardant dormir, hors d'atteinte, confuse, et incapable de manifester le moindre intérêt pour sa fille. L'enfant criait de faim, Lisbeth l'a bercée tandis qu'Elsy la nourrissait à l'aide d'une petite cuillère emplie d'un mélange de lait et d'eau tiède sucrée. Lisbeth et Elsy ont pleuré de frustration et d'impuissance devant la toute petite fille qui appelait sa mère sans en être entendue.

Puis le soir est venu. Le bébé s'est apaisé, laissant aux deux femmes quelques heures de sommeil longtemps espérées. Saga et Lennart aussi se sont endormis, enlacés dans la petite chambre où Saga donnait la vie il y a seulement quelques heures. Entre les doigts de Lennart sont entrelacées quelques mèches des longs cheveux blonds de Saga. On dirait un marionnettiste tenant une poupée cassée.

La neige continue de tomber. Dehors, l'ampoule du porche éclaire faiblement à quelques mètres : tout est blanc. La Volvo de Lennart disparaît sous plus de soixante-dix centimètres de neige et le vent a créé des congères qui condamnent l'accès aux portes des dépendances.

Selja

Dernier jour avant mon retour en France. Nous sommes en route pour Selja, c'est Maman qui conduit. Il neige et elle est plus habituée que moi à piloter en hiver.

« Ça ne t'embête pas si on passe à la maison de Lennart en revenant ? J'ai cherché mon foulard mauve toute la matinée, je crois que je l'ai oublié là-bas. »

Ce sont ses premiers mots depuis notre départ, nous sommes toutes les deux trop impatientes d'arriver pour discuter. Je la comprends, elle est à la fois curieuse d'entendre ce que Kerstin a à nous dire, mais l'appréhende aussi certainement, tout en se disant que peut-être il n'y aura finalement rien de nouveau et qu'elle sera déçue. Moi-même je m'interroge en boucle depuis hier soir : qu'est-ce que Kerstin peut bien avoir à nous montrer ? Elle a bien dit *montrer*, pas dire ou raconter…

Nous arrivons à Selja. La maison, a expliqué Kerstin, est un peu en dehors du village, à l'écart. Maman relit tout en conduisant les indications qu'elle a notées au dos d'une enveloppe. Voilà. Ça ne peut être que là. C'est une grande maison en bois, avec un étage et des dépendances. Le terrain descend en pente douce jusqu'à la lisière de la forêt. La maison est rouge, les dépendances n'ont pas été peintes et sont d'un gris-brun velouté, la neige qui tombe depuis plusieurs heures a changé le voile délicat en une couverture blanche et compacte : pour un peu, on s'attendrait à voir arriver le Père Noël avec son attelage de rennes et ses clochettes.

* * *

« Vous avez trouvé facilement ? Entrez, j'ai préparé du café, il y a des gâteaux aussi. »

Kerstin nous précède dans un charmant salon dont la baie vitrée donne sur le jardin. Elle virevolte, paraît très excitée ; j'ai eu un moment de doute, mais maintenant je suis persuadée qu'elle a quelque chose d'important à nous dire, tout du moins qu'*elle* considère comme important, et qu'elle veut « bien faire les choses ». Elle a dû passer la matinée à faire ses gâteaux, qu'elle a savamment mis en scène sur la table basse, et le salon est impeccable. Kerstin est une petite femme rondelette, souriante, le son de sa voix est à la fois haut perché et très doux.

« Installez-vous, mettez-vous à l'aise, dit-elle en nous indiquant le canapé. Je suis là dans une seconde. »

Kerstin revient presque aussitôt de la pièce voisine – j'ai entendu un tiroir s'ouvrir et se refermer – et s'assoit dans un grand fauteuil face à nous. Sur ses genoux, elle tient bien à plat sous ses mains une enveloppe jaunie.

« Servez-vous, je vous en prie », dit-elle en désignant le plat de gâteaux. Elle pose l'enveloppe sur la table et verse le café dans nos tasses. Elle a posé l'enveloppe à l'envers, volontairement j'en suis certaine. Pas d'inscription dessus, rien n'indique de quoi il s'agit.

Elle se racle la gorge, puis commence :

« Quand vous m'avez appelée, hier, ça m'a fait un choc. Ma mère m'avait dit que ça arriverait peut-être, je m'y étais préparée, j'ai imaginé ce moment pas mal de fois. Et puis le temps a passé, et je me suis dit que finalement, vous ne viendriez probablement jamais. Mais vous avez appelé. Et maintenant vous êtes là. »

Elle se penche, pose sa main sur l'enveloppe et continue :

« Ma mère m'a transmis cette lettre quelques années avant sa mort, avec les instructions que ma grand-mère, Elsy, lui avait elle-même laissées en la lui confiant. Elsy disait que le contenu de cette lettre racontait un évènement qui a été gardé secret et dont elle a été le témoin, mais qu'il ne fallait pas essayer de trouver ses destinataires. Par contre, si elles se manifestaient d'elles-mêmes, c'était qu'elles se posaient assez de questions pour avoir le droit à des réponses. En résumé, ne pas provoquer, ne pas perturber, laisser venir. Et vous êtes venues. »

Kerstin tend la lettre à Maman. Sur l'enveloppe une écriture fine, la même que sur la carte postale : *pour Ester et Stina*. La question « Pourquoi Stina ? » me traverse l'esprit. Je suis impatiente de lire.

« Vous l'avez lue ? Demande Maman.

– Oui. Ma mère me l'a lue quand elle me l'a donnée. Pour que je comprenne bien à quel point c'était important. »

Maman tripote l'enveloppe, semble hésiter à l'ouvrir.

« C'est si grave que ça ? demande-t-elle à Kerstin.

– Grave... Je ne sais pas si c'est le mot le plus approprié. Mais c'est important. Perturbant. Prenez votre temps. »

Maman ouvre précautionneusement l'enveloppe non cachetée, et en sort plusieurs feuillets. Je ramasse sur le sol un carré cartonné qui en a glissé. C'est une photo. Maman me l'arrache presque des mains.

« C'est celle-là ! C'est la photo dont je te parlais ! »

Au dos de la photo en noir et blanc on peut lire « Saga et Ester ». Une très belle jeune femme en costume traditionnel est assise et tient sur ses genoux un bébé qui paraît n'avoir pas plus de sept ou huit mois. Elle ne sourit pas et semble perdue dans ses pensées.

Maman commence à lire en silence. Je prends un gâteau, j'essaie de lire en même temps qu'elle mais je n'y parviens pas. J'attendrai qu'elle ait terminé.

Maman lit maintenant le troisième feuillet, elle est au bord des larmes. Elle marmonne « Oh mon Dieu » et « C'est pas possible ». Elle pleure à grosses larmes maintenant. Elle a tout lu et les cinq pages lui tombent des mains. Je les ramasse et lui demande « Je peux lire ? », tandis que Kerstin, qui s'était absentée une minute, revient avec une boîte de mouchoirs et un verre d'eau.

Maman fait oui de la tête, elle pleure toujours, incapable de parler.

Je remets en ordre les feuillets et me demande l'espace d'un instant si j'ai vraiment envie de savoir ce que dit la lettre, à voir la réaction de Maman, mais ma curiosité l'emporte.

Chères Ester et Stina,

Je ne sais pas quand vous lirez cette lettre, ou même si vous la lirez un jour. Au moment où je l'écris tu as onze ans, Ester, et toi, Stina, tu en as neuf. Par quels moyens vous arriverez jusqu'à elle, je ne le saurai probablement jamais. Mais si c'est le cas cela signifie que vous vous êtes posé des questions sur Saga, sur sa mort, peut-être même d'autres questions auxquelles vous trouverez probablement ici des réponses, et vous êtes certainement assez grandes, maintenant, pour comprendre pourquoi certaines choses ont dû rester secrètes si longtemps.

La mère de Saga était mon amie depuis l'enfance. Nous avons grandi à Selja, moi ici dans cette maison, et Marit – c'était son prénom – dans la maison voisine. Elle y vivait seule avec sa mère, son père l'avait quittée avant sa naissance, ou était mort peut-être, sa mère n'en parlait pas. Lorsqu'elle s'est mariée, le couple s'y est installé et Saga y est née quelques années plus tard. Marit désespérait d'avoir un jour un enfant, et quand Saga a enfin été là, elle a été la plus choyée des princesses.

En 1940, la maison a été entièrement détruite par un incendie. Saga avait dix-sept ans et a été la seule survivante du désastre : son père, sa mère et sa grand-mère y ont laissé leurs vies.

Saga a tout perdu ce jour-là. Elle est venue vivre ici, nous nous sommes soutenues dans nos solitudes respectives. J'étais veuve depuis peu de temps et ma fille unique était partie vivre sa vie... Cinq années ont passé, puis Saga a rencontré Lennart et l'a épousé.

Saga, malgré tous les moments difficile qu'elle avait traversés, était une jeune femme heureuse de vivre, intelligente, belle. Lennart en est tombé amoureux au premier regard. Lennart était comme elle : brillant et beau. Ils formaient un couple magnifique, s'aimaient comment deux êtres se sont rarement aimés.

Les premiers symptômes de la maladie de Saga sont apparus alors qu'elle t'attendait,

Ester. Peut-être que si tout cela était arrivé aujourd'hui elle aurait pu être soignée... J'ai beaucoup lu sur la schizophrénie, après, pour essayer de comprendre. A l'époque le seul traitement consistait à faire subir aux malades des électrochocs et à les enfermer dans des hôpitaux psychiatriques dont ils n'avaient aucune chance de sortir. Seulement trois ans après la mort de Saga, un médicament efficace a été découvert et je sais qu'aujourd'hui beaucoup de malades ont grâce à lui un espoir de vie presque normale.

Tu es née, Ester, et Saga allait de plus en plus mal. Elle n'était plus capable de s'occuper de toi. Lisbeth, ta tante, venait chaque jour chez vous pour prendre soin de toi et veiller sur Saga pendant que Lennart travaillait. Mais cela ne suffisait plus. Saga a été enceinte pour la seconde fois, presque en même temps que Lisbeth. Saga avait besoin d'une surveillance constante et Lisbeth n'en avait pas la force, alors elle est revenue ici pendant quelques mois.

Nous avions convenu qu'elle resterait jusqu'à la naissance de son bébé et qu'ensuite il faudrait bien se résoudre à l'idée de l'hôpital psychiatrique.

Saga a accouché dans la nuit du 11 au 12 janvier 1949, et les deux jours qui ont suivi ont été les plus longs de toute ma vie.

13 janvier 1949

Une heure et demie du matin.

Lennart émerge péniblement de son sommeil. Les pleurs du bébé se sont mêlés à son rêve. Pendant quelques secondes il ne sait plus où il est mais reprend vite ses esprits.

Selja – Saga – le bébé – il fait nuit

Dans son sommeil il s'est éloigné de Saga. Il tend le bras.

Vide.

Lennart allume la lampe de chevet. Le bébé pleure toujours dans son berceau. Saga n'est pas dans le lit.

« *Saga ?* »

Pas de réponse.

Lennart se lève, sort de la chambre, s'arrête un instant et écoute. Tout est silencieux, si ce n'est un léger ronflement depuis la chambre de Lisbeth. Même le bébé s'est tu. La porte d'Elsy est restée entrouverte.

« *Saga ? appelle-t-il à nouveau, presque en chuchotant.*

– *Qu'est-ce qui se passe, Lennart ? » demande Elsy depuis sa chambre. On l'entend se lever, le parquet grince, et elle paraît dans l'embrasure de la porte.*

« Saga n'est plus dans la chambre. Je ne sais pas où elle est », répond Lennart.

Elsy fronce les sourcils, disparaît un instant dans sa chambre puis revient avec un épais gilet tricoté. Elle l'enfile en marchant. Tous deux descendent l'escalier qui mène au rez-de-chaussée.

« Saga ? appelle Elsy, Saga, tu es là ? Tout va bien ? »

Le plafonnier de la cuisine est éteint, mais on y voit suffisamment grâce à l'ampoule du porche qui éclaire la pièce à travers la fenêtre. Dehors il neige encore et toujours. La porte de l'ancienne écurie est fermée, mais le jour entre le battant et le sol laisse passer un peu de lumière jaune.

Lennart est soudain pris d'un pressentiment terrible, d'une terreur qui lui donne la nausée. Il ouvre la porte très lentement, en regardant le sol. Puis il ose enfin lever les yeux.

Saga est là. Ses pieds nus se balancent à trente centimètres au-dessus du sol, pas très loin du billot qu'elle a tiré juste sous la poutre. Sa tête est légèrement penchée sur le côté droit, ses yeux sont mi-clos. Elle porte une robe de chambre en satin vert amande, serrée par une ceinture nouée qui fait un drapé grotesque sur son ventre encore arrondi. Sur chacun de ses seins une tache circulaire assombrit le satin : elle a eu une montée de lait juste avant de mourir.

Lennart est parfaitement immobile et silencieux, la main toujours sur la poignée de la porte. Il a le regard fixe. Tout ce qu'il voit ce sont les taches de lait sur les seins de Saga.

Elsy s'approche, pousse Lennart pour regarder dans l'écurie. Lennart se laisse docilement déplacer, comme si son corps ne lui appartenait plus. Elle dit « Non, non ! » dans un cri puis s'effondre en sanglots. Lennart n'a toujours pas bougé un cil.

En haut, le bébé se remet à pleurer.

Lisbeth, éveillée par le bruit, est descendue. Elsy tente de l'arrêter mais elle la repousse, presque violemment, et se dirige vers l'écurie dont la porte est restée grande ouverte. Lisbeth hurle et tombe sur ses genoux. Elsy l'aide à se relever et à s'asseoir sur une des chaises de la cuisine. Elle referme la porte de l'écurie puis guide Lennart, toujours figé, jusqu'à une autre chaise.

« On va s'en sortir. La neige s'arrêtera et on ira chercher la police. Pour le moment, il faut rester calme. Lennart ? »

Lennart est en état de choc. Il fixe la porte de l'écurie et ne répond pas.

« Lisbeth, tu restes ici avec ton frère. Je monte chercher le bébé. Elle pleure depuis trop longtemps. Elle a faim. On va se débrouiller. »

Lisbeth fait oui de la tête, puis tend le bras vers son frère au-dessus de la table.

« Lennart... »

Rien à faire. Lennart est complètement pétrifié. Lisbeth se sent mal, elle a la nausée, sa tête tourne, ses genoux, écorchés dans sa chute, sont cruellement douloureux. Un spasme violent et brutal lui transperce le ventre.

Non. Pas ça. Surtout pas. Pas maintenant.

Lisbeth entend Elsy redescendre l'escalier avec le bébé. Dehors il y a tellement de neige qu'on ne distingue même plus la forme de la voiture. On dirait un peu le dessin du serpent boa qui a avalé un éléphant, dans Le Petit Prince.

« Lisbeth, il faut que tu m'aides avec la petite », dit Elsy.

Lisbeth se lève péniblement en s'appuyant sur la table avec son avant-bras, l'autre main crispée sur son ventre. Une fois debout, elle reste quelques secondes immobile, puis pousse un cri suivi de petits sanglots désespérés. Un liquide clair coule le long de ses jambes et forme une flaque à ses pieds.

* * *

Onze heures du matin.

Elsy a veillé sur Lisbeth toute la nuit. Elle pleurera Saga plus tard. Le bébé, il a fallu nourrir le bébé, aussi. Elle a hurlé à Lennart « Aide-moi ! », elle lui a donné des coups de poing de rage, l'a même giflé. Il n'a pas bougé, il est toujours assis, immobile et silencieux dans la cuisine, fixant la porte de l'ancienne écurie.

Elsy, forte de son expérience de la veille, a dû à nouveau endosser le rôle de sage-femme, la maison de Selja est toujours coupée du reste du monde, bien que la neige tombe maintenant un peu moins fort.

Le bébé de Lisbeth, né trop tôt, n'a pas crié, n'a pas respiré. Elsy l'a réchauffé, frictionné, elle lui a soufflé dans la bouche pendant de longues minutes tandis que Lisbeth pleurait et implorait.

Puis elle s'est résignée, a enveloppé le petit garçon sans vie dans une serviette blanche, et l'a délicatement déposé dans un panier à linge.

* * *

Lennart tressaille. Il cligne des yeux, déplace légèrement son pied gauche. Il reprend peu à peu conscience de son corps. Il a froid, et terriblement besoin d'uriner aussi. Il détourne enfin son regard absent de la porte de l'écurie, regarde dehors. La neige a cessé de tomber. Les nuages s'estompent et un timide soleil d'hiver accentue la blancheur de la campagne de quelques diamants épars qui scintillent dans la lumière du matin.

Lennart pleure maintenant, enfin. Il se lève, il a besoin d'être sûr qu'il n'a pas rêvé. Il ouvre la porte de l'écurie, puis la referme. Il n'a pas rêvé.

Bien que muré dans sa détresse pendant les longues heures qui ont précédé, Lennart a entendu. Il a compris. Il sait que Lisbeth a perdu son enfant.

Lennart monte lentement l'escalier qui mène aux chambres, à l'étage. Il entre dans celle qu'il a partagée avec Saga, s'assoit sur le lit défait, serre contre son visage l'oreiller de Saga qui porte encore son odeur. La colère et la tristesse s'emmêlent dans ses sanglots. Les pleurs du bébé, dans le berceau, se joignent aux siens.

Lennart prend la toute petite fille dans ses bras et se dirige vers la chambre voisine où Lisbeth et Elsy pleurent, elles aussi.

Elsy est assise dans un grand fauteuil recouvert de velours beige, à gauche de la porte que Lennart vient d'ouvrir. Face à l'entrée, Lisbeth est allongée dans le lit.

Le bébé pleure toujours. Lennart lance à Elsy un regard interrogateur, auquel elle répond par un signe de tête. Alors Lennart s'avance vers Lisbeth et dépose le bébé dans ses bras.

L'enfant cherche le sein que Lisbeth a dégagé, le trouve et s'apaise enfin.

« Stina, dit Lennart. Saga voulait l'appeler Stina. »

Sœurs

Nous avons quitté Kerstin vers quinze heures trente. Maman est hébétée par ce que nous venons de lire, moi-même je ne sais pas très bien ce que je ressens. Je pense à Stina, à Lennart, à cette nuit de cauchemar, je pense à Saga aussi, Saga qui a préféré la mort à l'asile psychiatrique. Tout tourbillonne dans ma tête. Et Lisbeth... Lisbeth, qui a farouchement gardé le secret jusqu'à maintenant.

Maman et Stina sont sœurs. Elles ont toujours été sœurs de cœur, mais aujourd'hui elles le sont dans leur sang. Je crois que j'aurais préféré ne pas savoir. Ça ne change rien mais ça change tout. Si on a pu nous cacher ça, qu'est-ce qui est vrai ? Qu'est-ce qui est faux ? Qui je suis ? Suis-je bien la fille de mes parents ? Et mes enfants ? N'a-t-on pas pu les échanger contre d'autres à leur naissance ? Je ne suis plus sûre de rien.

Je conduis, malgré la neige qui tombe en même temps que la nuit. Maman est assise à côté de moi, sa main crispée sur la lettre. Kerstin nous a proposé de revenir plus tard, lorsque nous serions prêtes, si nous en avions envie. Pour voir l'endroit où Saga a vécu pendant ses derniers mois. Pour voir la chambre où Stina est née... Quand nous sommes reparties, je n'ai pas pu m'empêcher de jeter un œil vers la cuisine. J'y ai vu la porte de l'écurie. J'y ai imaginé Lennart, assis, aussi immobile et inexpressif qu'un lézard sur une pierre en été. Je me suis sentie voyeuse, comme la dernière fois que je l'ai vu à l'hôpital de Falun.

Maman ne parle pas. J'ai pris comme nous l'avions prévu la direction de la maison de Lennart, bien que je doute que Maman se soucie de son foulard oublié, maintenant.

Une mélodie discrète se superpose au rythme rapide des essuie-glaces.

« Maman ? Ton téléphone.

– Mon téléphone ?

– Oui, il sonne. »

Maman fouille dans son sac et en extirpe son appareil qui s'est arrêté de sonner. Elle consulte les appels en absence.

« C'était Stina, dit-elle d'un air désespéré. Qu'est-ce que je vais lui dire ? Comment je vais lui dire ? »

Le téléphone se remet à sonner alors que Maman le tient encore dans sa main. Elle semble hésiter puis décroche finalement, au dernier moment, juste avant que l'appel ne soit transféré vers la messagerie.

« Hallo ? »

J'entends la voix de Stina, mais je ne parviens pas à comprendre ce qu'elle dit.

« Non, on est déjà parties. Rejoins-nous chez Lennart. »

Stina dit quelque chose, que je n'entends toujours pas.

« Si, maintenant, dit Maman. On t'attend là-bas. »

Elle raccroche.

Maman fixe la route, le téléphone toujours dans la main.

« Stina voulait nous rejoindre chez Kerstin. Elle a dit à Lisbeth que nous y allions, et Lisbeth a paniqué. Stina ne sait toujours rien, mais elle se doute qu'il y avait quelque chose d'important là-bas. Elle disait qu'elle n'avait jamais vu Lisbeth dans cet état-là. »

* * *

J'ai repoussé les rideaux et la vaisselle pour dégager un peu d'espace sur la table. Je prépare du café tandis que Maman guette l'arrivée de Stina par la fenêtre. Je crois que je n'ai pas envie de café, je n'ai même pas demandé à Maman si elle en voulait. Je le fais machinalement, par habitude, peut-être pour donner un air normal à cette petite réunion après laquelle plus rien ne pourra plus être comme avant.

Il fait nuit maintenant et la neige tombe à gros flocons.

« Ça y est, elle arrive ! » dit Maman en se dirigeant vers l'entrée. On entend une portière de voiture claquer, puis les pas lourds des grosses bottes de neige de Stina sur les marches de bois du porche.

Stina entre dans la cuisine avec son manteau, il fait trop froid pour l'enlever. Elle s'assoit, se sert elle-même une tasse de café et demande :

« Alors ? Racontez-moi ? Qu'est-ce qui était si urgent ? »

Je reste muette, je n'ose même pas la regarder. Je sors mon paquet de cigarettes et mon briquet et les pose sur la table, à côté de la cafetière.

Maman raconte brièvement à Stina l'entrevue que nous avons eue avec Kerstin, lui parle de la lettre qu'elle tient toujours dans sa main.

« Cette lettre nous est adressée à toutes les deux, regarde », dit-elle en lui montrant l'enveloppe.

Stina a une expression de surprise et tend la main pour prendre la lettre. Maman recule brutalement.

« Attends. Tu vas la lire. Mais tu as aussi le droit de ne pas la lire. Ça te concerne. C'est…

— Allez, donne-la-moi, maintenant que je suis là », répond Stina avec un petit sourire exaspéré.

Maman lui donne la lettre, Stina sort les feuillets de l'enveloppe puis s'interrompt.

« Je peux ? » me demande-t-elle en montrant du doigt mon paquet de cigarettes.

Je fais oui de la tête, la laisse se servir et en prends une moi-même. Stina commence à lire.

Maman et moi la regardons en silence se décomposer au fur et à mesure qu'elle avance dans sa lecture.

Elle a tout lu. Elle ne dit rien. Elle recommence à lire depuis le début et allume une nouvelle cigarette. Elle repose enfin les feuillets et dit d'une voix tremblante :

« Ester… Maman… »

Maman lui tend la main par-dessus la table encombrée. Je veux repousser la pile de rideaux qui la gêne mais le voile glisse et la pile s'écroule, emportant au passage la cigarette allumée que Stina avait encore à la main.

Le tissu s'embrase immédiatement. Je me lève précipitamment pour tenter d'éteindre le feu, mais Maman me retient par le bras.

« Laisse. »

Stina la regarde d'un air interrogateur, puis se met à rire. Maman rit aussi. Je ne comprends plus rien.

Les flammes sont de plus en plus hautes, Maman et Stina se lèvent et sortent calmement de la cuisine. Maman me dit tout doucement « viens », et je les suis.

Dehors, il neige toujours. Nous nous éloignons de la maison de Lennart et la lumière du feu, par la fenêtre de la cuisine, se fait de plus en plus brillante.

Maman et Stina se sont assises côte à côte, dans la neige, et se tiennent la main en silence.

On entend une explosion, quelques vitres éclatent, et le feu éclaire maintenant d'autres fenêtres de la maison.

La lumière devient grondement et Stina et Maman sourient.

Juillet

Je regarde Eva et Max se chamailler en creusant des canaux dans le sable rouge de la plage. Max a l'épi de son père, son sourire aussi. Eva a mes yeux et mes cheveux. C'est rassurant. Ils sont bien à nous.

Nous avons emménagé dans la maison de Champagne, les enfants se sont rapidement adaptés à leur nouvel environnement. Pour la première fois, j'ai vu le printemps renaître dans *mon* jardin, j'ai découvert le bonheur de m'éveiller chaque matin loin de la ville.

Lisbeth a parlé, après plus de soixante ans de silence. Et Stina a compris. Lisbeth ne pouvait pas révéler son secret. Elle avait trop peur, tout comme Stig – qui savait, et qui a aimé Stina comme son propre enfant dès l'instant où il l'a tenue dans ses bras – qu'on lui prenne sa fille, ou que la loi s'en mêle : elle avait menti, avec la complicité de Lennart et d'Elsy, et il était trop tard. Lennart s'est enfermé dans sa douleur, il n'est jamais vraiment revenu de la longue absence qu'avait provoquée la découverte de Saga, morte, cette nuit-là. C'était mieux comme ça. Ester lui rappelait chaque jour Saga, et s'il avait pu la tenir elle aussi loin de lui, il l'aurait fait. Il n'est jamais allé sur la tombe de Saga.

Saga repose dans le cimetière de Mora. Le petit garçon mort-né de Stina a été placé dans ses bras. Qu'une jeune mère perturbée se donne la mort après avoir perdu son enfant n'a surpris personne, personne n'a posé de questions.

Je connais bien ce cimetière. J'y suis allée plusieurs fois voir l'impressionnante tombe du peintre Anders Zorn qui ressemble à un bateau, à un lit ou à une église, selon l'angle depuis lequel on la regarde. Anders Zorn vivait à Mora et on peut visiter sa maison et voir quelques-unes de ses œuvres à seulement quelques centaines de mètres de là.

La tombe de Saga est toute petite, couverte de mousse, l'inscription est presque illisible. Mais elle est bien là.

Saga… Saga, en suédois, signifie *histoire*. Pas l'histoire qu'on apprend à l'école, non, Saga c'est l'histoire qu'on raconte aux enfants avant d'aller dormir. Saga, ça commence toujours par « il était une fois, dans un pays lointain, une belle jeune fille qui… ».

Stina comprend que le secret était nécessaire, aujourd'hui il y aurait certainement prescription, mais de ne pouvoir désigner ma mère comme sa sœur est ce qui lui coûte le plus.

Papa et Guillaume allument le barbecue, nous avons apporté des grillades. La plage est à nous. Les enfants jouent toujours, sous le regard bienveillant de Lisbeth, confortablement installée dans un fauteuil pliant. Stina est allée la chercher ce matin à Klockargården.

« Il y a peut-être un moyen », dis-je.

Stina, Maman et Lisbeth tournent leurs regards vers moi.

« Un moyen de quoi ? demande Stina.

— Pour que vous soyez sœurs. Je me suis renseignée, c'est un cas de figure qu'on a vu, rarement, à l'étude de généalogie. J'ai pensé à l'adoption entre adultes. Lisbeth, si tu adoptes Maman, elle et Stina seront sœurs. C'est possible à certaines conditions. Il faut que l'adoption valide une relation déjà établie, et tu as toujours été une mère pour Maman. Il faut aussi que la différence d'âge soit cohérente, et qu'il n'y ait pas d'argent en jeu. Vous remplissez toutes ces conditions. »

Lisbeth, Stina et Maman sont sans voix. Je sens que l'idée leur plaît. Lisbeth sourit et ses deux filles l'entourent, lui tenant chacune une main.

Papa nous fait signe que les grillades sont prêtes. Le soleil disparaît derrière un nuage et l'air devient brusquement plus frais. Un souffle léger ride la surface du lac, les roseaux se balancent dans un froufrou délicat. Un peu plus loin, sur un ponton flottant, une vieille femme nous regarde.

Remerciements

Merci à Yann, d'abord et avant tout, qui m'a soutenu pendant l'écriture de ce livre comme il le fait toujours en toute circonstance. Merci à Papa et à Maman.

Merci à Valérie Perrottet pour ses précieux commentaires sur la vraisemblance des symptômes de la maladie de Saga, et enfin merci à Ann-Britt Enochsson qui m'a aidée à valider certains points de cohérence historique.

Table des matières

La route 9
Lennart 21
Lisbeth 31
21 juin 1946 37
Guillaume 39
17 février 1947 49
La caverne de l'ours 51
5 juillet 1947 59
Isak 61
Bons baisers de Mora 69
Paris 81
21 juin 1948 87
Partir 91
Adieu Lennart 95
En famille 99
16 octobre 1948 105
Une journée d'hiver 109
11 janvier 1949 113
Kerstin 117
12 janvier 1949 123
Selja 131
13 janvier 1949 141
Sœurs 149
Juillet 155
Remerciements 159
Table des matières 161

Pour contacter l'auteur :

www.lauremalaprade.fr
contact@lauremalaprade.fr
https://www.facebook.com/lauremalaprade/

© 2016, Laure Malaprade

Edition : BoD - Books on Demand
12/14 rond-point des Champs Elysées, 75008 Paris
Imprimé par Books on Demand GmbH, Norderstedt, Allemagne
ISBN : 9782810617425
Dépôt légal : avril 2016